— 亚洲经典著作互译计划 —
中亚（美尼亚）互译

亚美尼亚短篇小说集

［亚美尼亚］格里戈尔·佐格拉布 著
牧阿珍 译

պատմվածքներ

春风文艺出版社
·沈阳·

图书在版编目（CIP）数据

亚美尼亚短篇小说集/（亚美）格里戈尔·佐格拉布著；牧阿珍译. —沈阳：春风文艺出版社，2024.6
ISBN 978-7-5313-6450-4

Ⅰ.①亚… Ⅱ.①格…②牧… Ⅲ.①短篇小说—小说集—亚美尼亚—现代 Ⅳ.①I369.45

中国国家版本馆CIP数据核字（2023）第093008号

春风文艺出版社出版发行
沈阳市和平区十一纬路25号 邮编：110003
辽宁新华印务有限公司印刷

责任编辑：徐艺菲	助理编辑：滕思薇
责任校对：张华伟	封面设计：琥珀视觉
印制统筹：刘 成	幅面尺寸：145mm×210mm
字　　数：152千字	印　　张：6.25
版　　次：2024年6月第1版	印　　次：2024年6月第1次
书　　号：ISBN 978-7-5313-6450-4	
定　　价：65.00元	

版权专有　侵权必究　举报电话：024-23284391
如有质量问题，请拨打电话：024-23284384

目 录

寡　妇	001
阿梅尼萨	014
"主啊，请宽恕我！"	029
锚	036
特法里克	043
债务的祭品	051
阿因卡	059
杰　兰	067
玩　笑	076
扎布霍	083
笑　声	088
塔莉拉	091
罗　勒	098
萨　拉	103
兹玛拉赫达	110
也许	113

波　图　鲁 …………………………………………118

幸福的死法 …………………………………………128

好　名　声 …………………………………………135

荡　　妇 ……………………………………………146

玛格达林娜 …………………………………………161

阿科皮克 ……………………………………………166

教堂的院落 …………………………………………174

格里戈尔·佐格拉布简介 …………………………185

寡　妇

1

　　这是一个夜晚，一个阴沉潮湿的十月夜晚。佩拉[①]大街上所有富丽堂皇的石头宫殿都已陷入黑暗。天下着毛毛细雨，雨细如尘埃，又利如针芒，冲刷着荒凉无人的街道。加拉塔萨雷[②]的警卫室对面，两个等待深夜乘客等得绝望的马车夫，躲在自己的车厢里避雨酣睡。此外，再也看不到一个鬼影。白日的热闹全然没了踪迹，只有淅淅沥沥的雨声划破夜的寂静。这雨从昨晚上起就一直下着，单调凄厉的旋律惹得人心烦意乱。远处，沿着宽阔笔直的行车道，黑暗中可以看到许多血红色的星点，那是昏暗的煤气灯闪烁的火焰。

　　赌场、歌舞咖啡馆和其他娱乐场所早已打烊。相反，肉铺和奶

[①] 佩拉：伊斯坦布尔的一个区，人口以欧洲人为主。
[②] 加拉塔萨雷：伊斯坦布尔的一个购物街区。

制品店铺纷纷打开了大门。店里的伙计们习惯了天没亮就起床，睡眼惺忪地在灯光下开始一天的活计。

四下寂静，只有回荡在人行道上守夜人的脚步声仿佛午夜的钟声。一个蜷缩在墙角等待天亮的人，肯定是在赌场里输掉了一切，并找不到栖身之所的人。毕竟这条好客的街道不适合那些口袋里空空如也的人。后来陆续出现了一些收破烂的，他们低着头，打着灯笼，捡起各种各样的破布，扔进扛在肩上的篮子里。

后来黑暗渐渐消散。先是加拉塔萨雷下的商店里传出声音，接着街上出现了第一批行人。装载着牛奶罐和蔬菜的马匹缓缓走着，马脖子上挂着铃铛，铃声在白色的石头建筑间回荡。

现在已经接近黎明时分。佩拉区房屋的轮廓开始显现在黑暗的地平线上。声音渐渐热闹起来。商店的铁制护窗板纷纷打开。仆人和看守们一大清早就起了床，清理了店铺，然后打开店铺大门，去清扫外面的人行道。卖面包的、卖牛奶的和卖萨勒普①的大声吆喝着早上的生意，为仆人、搬运工和守夜人提供便宜的早餐。邻居们相互道着早安。

2

马尔季罗斯天没亮就起了床，清扫了商店，将昨天散落的箱子和包裹放回原来的位置，又擦拭了窗户，打开铁制的护窗板。过了一会儿，天完全亮了。不同种族、不同类别的工人、手艺人纷纷涌

---

① 译者注：萨勒普，一种东方的饮品，是一种口感浓郁的热饮，用热牛奶和糖制成，再加入野生兰花块茎制成的面粉使其增稠。

入伊斯坦布尔①,跟随它们的步伐,佩拉大街逐渐苏醒过来。商店陆续都开了门,人们在擦着窗户,文员们开始工作,缝纫姑娘们也做起针线活来。

早晨来临。

六个月来,马尔季罗斯接替了他的叔叔,一直在这家商店工作。他的叔叔在这里担任了十年的搬运工和守夜人,现在他把这份工作交给了他的侄子,自己回家乡了。

马尔季罗斯才十九岁。这是一个高大魁梧,黑头发、黑眼睛的小伙子。女人们会立刻被他刚毅的外表所吸引。不过他那俊朗、黝黑的脸庞虽然散发着男性的气概,却仍留存着少年的柔情。他的目光中透出一种少年的温柔与羞怯,那宽阔有力的胸膛印证了他强健的体魄。蓝色的紧腰长外衣非常贴合他年轻、修长的身体。那肌肉发达的手臂,昭示着非凡的气力,短裤刚刚没过膝盖,露出他饱满挺拔的小腿。

这位新员工的出现在佩拉的居民中引起一阵喜悦。女人们对这个年轻人赞不绝口,他的羞怯和谦虚有一种特殊的魅力,这种魅力只有女人才能领会。

这个年轻人吸引了很多女性顾客光顾商店。她们好奇、追寻的目光只有他一人无法理解。所有人都发现他十分英俊,且肆无忌惮地公开谈论这一点,这种令人难以置信的大胆令他非常惊讶。

"你结婚了吗?"她们经常问他。

在得到肯定的答案后,一些人微笑着,另一些向他表示哀悼:伊斯坦布尔的女人们喜欢开玩笑。这个年轻人听到的很多话都很有

---

① 伊斯坦布尔:原名君士坦丁堡,奥斯曼帝国时期的首都。

趣，他努力克制着不笑出声来。

他虽不理解，但内在的直觉使他猜到，人们对他的青睐更多归功于他的美貌，而非自己在工作上的勤奋。

马尔季罗斯最初在"布连坦"商店度过的日子是令人愉快的。这座宏伟壮丽的多层建筑金碧辉煌，有成百上千间店铺、星罗棋布的螺旋楼梯和络绎不绝的游客，让他感觉这是一座童话般的小城。

他的耳旁从早到晚都能响动着金银钱币的声音。就在门旁的桌子前，一个专门收钱的员工，盯着价目表，专门负责收款，收到的金额多得令人难以置信。

顾客大部分都是女人，有来自各个国家的妇女，其中最多的是法国女人，也有土耳其和亚美尼亚妇女，她们都很随意，没有遮住脸，浓妆艳抹的，非常艳丽并努力变得更加光彩夺目。她们源源不断地提出各种需求，弄得整个商店十分嘈杂。

最初，马尔季罗斯感到惊慌失措，他既听不懂周围人说的奇怪的语言，也无法理解买卖这些东西的实际意义。后来他渐渐分清了这些羊毛、丝绸、薄纱和法兰绒的料子，望着它们如何在一两天内做成女人的服饰，他开始领会女人们为什么需要它们。他经常听到法语，并逐渐记住了一些词汇。店里不准闲坐。他每天从早忙到晚，忙着打理各种货物，将它们从一个地方搬到另一个地方。

到了晚上，当一天的忙碌结束，马尔季罗斯单独置身于这个巨大的房子中，他的内心充满了好奇，他像着了魔似的在周围的货物中翻找，试图参透它们的隐藏意义。这里摆着各式各样五颜六色的女式长袜：有天鹅绒的、丝绸的、针织的，完全展现了女人细长匀称的美腿形状，还有些长袜长得可以拉到臀部。那边有一件雪白的亚麻女士内衣，对于马尔季罗斯没有经验的头脑而言，根本无法理解它的用途。那些又长又宽，带有泡沫花边的镂空衬衫，其设计更像是让胸部裸露出来，而不是遮住它。还有一些他完全搞不懂的内衣用品，有的地方裁切了，有的地方还没有缝制……再远一点儿是琳琅满目的女士饰品，有鸟状或花形的帽子，款式花哨的鞋子、手套和绑袜带，他已经熟悉了后者，他在家乡时常用它来绑自己的袜子。此外，还有形形色色的、令人脸红心跳的小玩意儿，特别是那些精致小巧的玻璃瓶，它们的气味馥郁迷人，挑逗着马尔季罗斯的嗅觉神经。

但在顶楼他看到了更为惊奇的事情。在女裁缝们的工作间里，有一个赤身裸体的女人，确切地说，是一个用木头雕刻的女性裸体，雕刻技术如此高超，看上去栩栩如生。这个身体正惊人地向他的肉眼展现着女性身体隐藏的所有魅力，这种魅力使这个刚刚结婚的年轻人热血沸腾。直到清晨他都没有睡着，脑海中被这些由人类的想象力专为女性身体打造的魅惑撩人的各种东西笼罩着。

这位令人眼花缭乱的裸体美人艳压群芳，高傲宛如一个神奇王国的女王。她又大胆，仿佛准备随时委身于人。而在这个充满隐秘和魅力的神奇女性国度，年轻人注定要沦为一个不动声色的守护者，好似扮演阉鸡的不佳角色。

3

年轻的妻子扎尔达尔在家里等他。婚礼结束后，她与丈夫一起生活了不到两个月，无情的需求驱使他到遥远的国度赚钱。

她爱那个成为她丈夫的年轻人吗？毫无怨言地绝对服从是该地区亚美尼亚妇女生活的全部真谛。没人在乎她的想法和感受，也从没人问过她,想不想嫁给这个事先安排好的丈夫。她自己也从没想过。在她结婚之前,她对他,既没有爱,也没有恨。即使在婚礼之后,他们之间也没有建立起真正的亲密。这段时间,他们一直处在许多亲戚的监视下,这些亲戚和他们住在同一个屋檐下。

在这个新家庭中,她首先是一个仆人。扎尔达尔很少属于她的丈夫,因为她的主要职责是伺候她的公婆,还有各路亲戚。

然而,在这个乡村姑娘的灵魂深处,蕴藏着一个满怀柔情与爱意的取之不尽的宝藏,可惜还没有机会展现出来。马尔季罗斯的姨妈们,在等待丈夫归来的漫长岁月里熬白了鬓发。而她的婆婆,则在无穷无尽的家务活中伛偻了身躯。如今她们都成了老太婆,和她一样寡言少语,对丈夫言听计从。而这些丈夫在离开多年后,突然想起来,他们还有家庭,于是回到家乡,继续如今已经毫无意义的夫妻生活。

这些弯腰驼背的可怜女人,像无声的影子,不断地在她的眼前徘徊。可扎尔达尔又想象不出已婚妇女的其他模样。

轮到自己的丈夫离开时,她甚至都不感到惊讶。亚美尼亚的农妇们习惯了顺从命运,她们受尽委屈,却连抱怨的权利都没有。

从伊斯坦布尔寄来了一封信,信上说马尔季罗斯的叔叔要回来,于是家里人开始为年轻人的离开做准备。作为一个体贴的妻子,扎尔达尔为丈夫织了两双羊毛袜,他的母亲和其他亲戚送了一些小礼物作为纪念。接着他与来自邻村的小伙子哈乔一起加入了前往伊斯坦布尔的商队。扎尔达尔护送丈夫上了大路。在最后一刻,当他们相互告别之时,一滴眼泪从她的眼睛里滚了出来,正好落在马尔季罗斯的手上。这滴眼泪里包含了他们离别的所有痛苦。

马尔季罗斯离开后不久,婆婆老得非常厉害,完全干不了活,所有的家务都落在儿媳妇头上。她既要烤面包、挤奶,又要打水、劈柴。这个年轻女人就像一头家养的牲口一样,任劳任怨地把所有活干完了。

4

佩拉大街上,四个衣衫褴褛的搬运工佝偻着身子,背着巨大的货物,额上青筋凸起,仿佛随时就会爆裂。其中一个已经头发花白,其余三个还是年轻的小伙儿。

"哈乔!"有个声音从奢侈品商店里传过来。

哈乔转过身。奢侈品店门口站着一个帅气的小伙子:他穿着一身新西装,胡子刮得干干净净,外表整洁利落,头上的土耳其帽①被歪戴到一边。

精疲力尽的搬运工们将货物放到地上,可店里的老伙计们不答应,佩拉大街可不是个歇脚的地方。搬运工们想休息会儿,但老伙计们就是不让。

搬运工们用混杂着亚美尼亚词的土耳其语,语无伦次地表示抗议。

"哦,先生,发发慈悲吧,难道我们不是人吗?"老人喊道。

戴着帽子的路人们围了上来,想要探寻争吵的原因,女人们出于好奇也停下了脚步。接着搬运工们弯下腰来,重新背起极其繁重的货物。穷人没有权利置身于富人之中。

马尔季罗斯沉默地看着他的四个同胞离开。是的,哈乔的日子

---

① 译者注:土耳其帽指离西欧较近的东方地区某些国家男人戴的一种圆筒形无边带穗的毡帽。

很艰难,与他的生活无法相提并论。他们年纪相同,又是同时来到这里,几乎来自同一个村庄,哈乔也同样身强力壮,和他一样,也是为了挣钱,将自己的妻子留在家乡!又是为了钱!

马尔季罗斯住在佩拉,哈乔住在加拉太。一个在山上,一个在山脚下,似乎住在山下的人,永远也无法爬上山。这些比较不由自主地在马尔季罗斯的脑海中诞生。

他喜欢这份工作,赚了很多钱。家乡一贫如洗的单调生活如今对他而言仿佛一个糟糕、痛苦的梦魇,随着黎明的到来才渐渐消散。在这个完全女性化的世界里,他眼中的未来是美丽、诱人的。他正在学习说法语,当他同女士们说话时,他称她们为夫人,因为她们都属于上流社会。他经常将大大小小的包裹送到她们的家,为此也常常得到小费。

是的,马尔季罗斯有理由认为,对他的雇主和客户而言,他是个合适的人选。有位法国女人非常喜欢他具有东方男性美的完美形象;还有一位亚美尼亚女人,一位住在佩拉的女士,总是会以一种令人意想不到的慷慨大方,奖励他哪怕最微不足道的服务。他摸着自己刚冒出的小胡子,在这两个为他争风吃醋、水火不容的美妙尤物之间左右摇摆。

5

这位亚美尼亚女人是一个富商的妻子。她对患痛风的丈夫感到厌恶,已经忘了是这个老人娶了她,让她摆脱了贫困。

曾经令她像乞丐一样望眼欲穿的财富,如今也无法减轻她作为一个多病老头儿的妻子的痛苦,所以只要情况允许,她就努力地弥补这笔不成功的买卖造成的损失。

这个独立、专横的女人,不知该如何利用丈夫给她的无限自由,成天在佩拉大街的商店里闲逛,购置各种昂贵的小玩意儿。至今都没有遇上一个能够满足她狂热情欲的男人。围在她身边的年轻男人们虽然对她甜言蜜语、柔情蜜意,但在肉欲方面她觉得他们愚蠢又羸弱。后来她在一家店里见到健康、英俊且有些粗鲁的马尔季罗斯。他完全符合她苦苦追寻的理想男人形象。从那一刻起,他成了她唯一的激情。她不放过任何机会,寻找各种借口,去他工作的商店。她在店里买了各种各样的小玩意儿,马尔季罗斯则很乐意将这些东西送到她家,他早有心理准备。有时当她的豪华礼服不小心碰到他,或者付他小费时,她温柔、柔软的手掌碰到他强壮宽厚、肌肉发达的手臂时,她的身体会闪现一种触电般的战栗。

有时,马尔季罗斯来她家时,她甚至会找理由邀请他去她那美妙的房间。

这个游戏持续了一段时间,但后来她的耐心耗尽了:毕竟和他这样的人无须讲什么礼节。

她巧妙地安排着与这个外省人的约会,他的青涩与真诚将她的情欲撩拨得越发高涨。她觉得自己可以为他做很多傻事,就像一个守财奴吝啬鬼,发现了一个不为人知的宝藏。她想拥有它,自己保存它。不过马尔季罗斯还没有摆脱过去的认知,他对这座城市的男男女女仍然非常惊奇。

新的娱乐令他着迷,他不再想起留在家乡的妻子。这个可怜的女人寄给他的那些伤感的信件没能触动他石头般的心。他们要多少钱,他就寄回去多少,但从未想过回去。

而与此同时,他的同胞正节衣缩食地攒下微薄的工资,一个接一个地返回家乡,回到需要他们的家庭。

6

快到冬天的时候,他们中的很多人都离开伊斯坦布尔,回到了自己的村庄,给终于等到新郎的新娘们带来巨大的喜悦。乡村的生活再次变得热闹。攒够了购买土地和一对公牛的钱,哈乔也回家了。他已经订婚了,因此不打算推迟婚礼。马尔季罗斯的叔叔扮演了男主婚人的角色。每个人都喜欢哈乔,他的婚礼当天变成了一个愉快的日子,一个整个村庄的盛大节日。

扎尔达尔也出席了婚礼。六年前,她的婚礼也办得同样热闹。那时,就像今天一样,邻居和村民们送来了无数美好的祝愿。但很快她的丈夫就离开了她,从此再也没有回来。在这里,在这些快乐的人群中,她这种孤独仿佛是可耻的。

第二天,当扎尔达尔回到家时,他们那空荡荡的小屋看起来更加昏暗、阴沉。

或许,是第十次,她怀着内心深处最隐秘的心事跑到教堂,跪在上帝之母的圣像前,流着眼泪诉说自己的愿望。而头戴银冠的上帝之母由于年份久远,身上的金属服饰早已褪去了颜色,她听着她的祈祷,就像聆听其他人的祈祷一样。

后来冬天来了,天气极其寒冷,似乎在提醒那些回乡的人,他们回来得非常及时。至于那些秋天无法从伊斯坦布尔回来的人则传来了消息。卡拉别特明年应该能回来,吉拉科斯要晚一年。只是没有说马尔季罗斯什么时候回来。然后一切都被冰雪覆盖。每个人都窝在家里。又一年过去了。

7

"布伦坦"商店挺拔俊秀的守夜人走上了一条"康庄大道"。堕落之路犹如一条冰冷的斜坡,一旦开始下滑,就很难再停下来。

多年过去了,马尔季罗斯仍然在佩拉大街上晃荡。他总是穿着整洁,脸上刮得干干净净,留着卷曲的黑色小胡子,仿佛一位永远穿着民族服饰的印度王子。只有一次,他出于好奇,穿着欧洲服装,却没有人注意他。

如今他熟知佩拉大街的所有规则,并通晓所有放荡的窍门。在相当长的一段时间里,他是个英俊、强壮的男人,颇受女性的青睐。

然而,这样的生活不能永无止境地继续下去。它带来的快感也变得越来越平淡。爱抚失去了过去的新鲜感,他对它们的兴趣也渐渐减弱。

现在,他不再是那个从乡村出来的缺乏经验、老实敦厚的小伙子了。可这有什么好呢?有钱贵妇的喜爱既不牢固,又不稳定,就像三月的天气一样多变。

有一天,马尔季罗斯的女包养人将他撵了出去,而他在工作中的收入也不及从前的十分之一。

时尚的变幻莫测决定了商店里的物品都不可能永远流行,而他就是这些商品中的一件。只是如今他大胆、自信,得益于青年时期积攒的经验,他仍然受到女性的青睐,这些人即使不是贵妇,那也还有裁缝和女仆。

那张从信封中抽出的死气沉沉的小纸条上,写满了对他的责备,令他不由自主地感到羞愧。这封信仿佛一个毫不留情的亲密之人，严厉无情地谴责着他。这些责备是他应受的，尽管他也悔恨不已，并发誓要回到故乡，但这个决定只是一闪而过，并不坚决，他并没有实行的勇气。

于是，他越来越坚信，除了留在伊斯坦布尔，他没有其他的出路。日子就这样一天天地过去。

在一个风和日丽的日子里，他突然觉得自己老了，头上有了白发，镜子里的脸也变得臃肿。他十分惊讶：可真快呀！这事令他沉思了两天，然后又像过去那样生活。关于自己已婚的事实，他没告诉任何人。

马尔季罗斯离开商店已经很久了，他开始缺钱花。来自巴尔季扎克①的一个女仆是他与过去唯一的联系，她承诺给他四千库鲁什②，这是她全部的积蓄，条件是他得娶她。

他干不了搬运工，没有强壮的身体，也没有坚强的意志。他想自己创业，但为此他需要钱。马尔季罗斯还认为，如果他不打算回到他的家乡，那么他应该再次结婚，因为没有妻子的生活并不容易。

他们像做贼一样秘密结了婚，没有通知教区，也没有邀请任何亲朋好友，只是给了神父一块金子，就把所有问题都解决了。他在伊斯坦布尔的生活就这样结束了。

8

可他的妻子还在家乡等他。冬去夏来，夏去冬来，年复一年，

---

① 该村位于马尔兹南部，距离该地区的行政中心阿什塔拉克市西南偏西38公里。

② 译者注：库鲁什，最初是奥斯曼土耳其对欧洲银币的称呼。在现代土耳其，自2005年货币改革之后，1个库鲁什等于1/100土耳其里拉。

她的生活单调乏味，充满忧愁和苦楚。

伊斯坦布尔很少来信，也不再寄来家用。父亲在信里威胁说，若是再不寄钱回来，就要将他的妻子赶出家门。在家里，所有人都将她视为丈夫冷漠行为的罪魁祸首。

外出挣钱的人一个接一个地从伊斯坦布尔回来，然后年轻人又接替他们，去品尝首都的艰辛。家里寄给马尔季罗斯的信中包含了问候、家庭成员的健康状况以及对金钱的永恒要求。只是都石沉大海了。扎尔达尔，如今已是个成熟的女人，有时仍会藏到某个角落偷偷哭一会儿。

每周六的晚上她都会去教堂，这个教堂年久失修，已经塌了一半，和村里其他破旧的小茅舍一样黑黢黢的。这是她从小就去的教堂，在那里，她在众人的祝福下出嫁。在那里，她将这些圣像视为自己婚礼无声而公平的见证人，在近乎责备的热切祈祷中，向它们倾吐自己的悲伤。她对着教堂，以及教堂的祭坛、遗物和所有的圣徒呐喊，祈求它们回应她那业已覆灭的希望。然而，为她永远缺席的丈夫所做的祈祷，并未使她的命运有所改观。

渐渐地，她对这种时刻怀抱希望，但希望不断破灭的等待彻底失去了信心。

她知道，清楚地知道，她的丈夫不会回来了。然而到了晚上，她的腿还是会不由自主地将她带到最后一次见他的地方，那时他还很年轻。寡妇孤零零地站在那里，凝视着远处一望无际的田野，等待着……

阿梅尼萨[①]

1

哈尔基岛是一座希腊人居住的岛屿。我与她正是在那里相识的。每天晚上她都会去"阿纳斯塔西"俱乐部,坐在那里等待她丈夫归来的轮船,然后和他一起回旅馆。我觉得,那个五十岁上下的矮个子男人,就是她的丈夫。

她几乎总是一个人出门。有时会带一个六岁的小男孩,应该是她的儿子,她像对成年人一样对他说话。

她不和任何人交谈,也不与任何人结交。只要谈到女人,各国的年轻人总是热情高涨,他们徒劳地在她身边转悠,只期望得到哪怕一个眼神。可她从来不关注他们。

俱乐部坐落在海岸边的凉台上,那里有一个角落,她每晚都会独自坐在那里。这个角落属于她,至少咖啡馆的客人们是这样想

---

① 阿梅尼萨,意为亚美尼亚女人。

的。这些彬彬有礼的客人喜欢关注这个神秘的外国女人。

我也见过她好几次,对她产生兴趣后,就问我的希腊朋友,她叫什么名字。

"阿梅尼萨。"他们告诉我。

自从她来到这个岛上,人们就只用这个名字称呼她。

我对俱乐部工作人员的询问并未获得任何新的信息。相反,岛上的居民却向我打探起她的消息。他们认为,我和她是同胞,应该会知道她的事。

她那个每周来岛不超过两次的丈夫,看起来比他的妻子更不善交际。他们在"贝尔维尤"旅馆入住以来的一个半月里,他甚至从未和任何人打过招呼。对于这种奇怪的隐居生活,岛上的年轻人醋意大发地解释为,这个女人是她丈夫暴行的受害者。事实上,她脸上的淤青也证实了这一猜想。

但她看起来并不怯懦。她身材姣好,举止优雅高贵,走起路来大大方方。与常住旅馆的人一样,她从容、大声地召唤服务员,要求服务。

起初我觉得,只要结识了这位女士,我就会比那些追求她的年轻人看起来更为成功。

"哦,你肯定会成功的,"我的希腊朋友说,他羡慕我是亚美尼亚人,"你懂她的语言,很容易和她聊起来。"

这是我人生中第一次感到我是亚美尼亚人这件事赋予了我对于别人的某种优势。因此,在希腊朋友的鼓励下,我试着与阿梅尼萨认识。

我三番五次地坐在她的旁边大声说话,想要引起她的注意。起初我说纯正的亚美尼亚语,遣词造句都精挑细选,后来又说法语和土耳其语。我想向她表明,我是一个值得关注的人。

我开始注重自己的外表。当我一次性订购了五套西装,还添置了很多领带,并严格地遵守时尚的烦琐要求时,我的裁缝颇为惊讶,他知道我向来节俭。雪白的衬衫领子,又高又窄,遮住了我的脖颈,勒得我快要窒息;柔软的手帕印着复杂的字母图案,散发着好闻的香气。这足以吸引一个衣着精致的女人。

她穿着优雅、美丽,每天都换条裙子,而且一件比一件更加华丽。这些衣裙制作考究,显然是出自达米尔维利或特里科捷兹的商店。她纤细的腿上穿着黑色的丝袜,一双小脚欢快地从裙子下面露出来,脚上永远穿着佩拉最好的鞋匠做的鞋子。

可是,如果我为与她相识所做的努力并未得到她的注意,那我该怎么办?我在恋爱方面太缺乏经验了。无论是我响亮的说话声、激动的手势,抑或专注而火热的目光,都无法撼动这位宛如大理石雕像般冷漠的美人。她甚至都没有朝我的方向看一眼。

我的失败,以及面对希腊朋友的耻辱转化为对阿梅尼萨强烈的仇恨。我将她骄傲的举止归因于她没受过教育,认为她孤僻的生活是想掩盖某种家庭丑闻。我开始到处诋毁她。我无法用什么确切的罪名中伤她,但是我提出了一些假设,这些假设因她神秘的生活方式而愈加被人采信。

"这个女人不属于伊斯坦布尔的上流家庭,"我对每一个遇到的人说,"那个老男人,显然是她的情人,而不是合法的丈夫。"

我的朋友们和我一样恼火,将我的话传遍了整个岛屿。

幸运的是,这些流言蜚语并没有传到她的耳中。岛上居民对她的关注和好奇也没有减弱。当地的希腊妇女渴望穿得漂亮,自发地效仿起她的穿衣风格,然而未能像她一样优雅。每当她像个女王一样,从容不迫、姿态优雅地穿过利瓦蒂时,她的身后总会响起人们充满赞美和惊叹的窃窃私语:"阿梅尼萨,阿梅尼萨!"这使我异常愤怒。

2

阿梅尼萨是个可爱、迷人的女人。她的周围不是嫉妒者就是爱慕者,反正没有对她漠不关心的人。她的动作、表情、语言,总之她的一切都别具一格。她从不好奇,仿佛不知惊讶为何物。她喜欢什么?对什么感兴趣?这是个难解的谜。谁能揭开谜底,就能征服这个美丽诱人的女人。

她那松软、傲慢的胸膛里装着一颗奇妙的心,好似无法企及的宝藏,但没人能找到开启的咒语:"芝麻开门!"

散步是阿梅尼萨打发时间的最好方式。她的秀发束在宽檐的礼帽下,露出了完美无瑕的白皙脖颈。她用一只手提着长裙的下摆,另一只手举着一把打开的红伞。伞在阳光下闪闪发光,与她脸上红润的肤色交相辉映。真是一个美妙窈窕、令人心驰神往的女人!

每周日早上她都会去大岛,我有次在那儿遇见过她。

我走在通向吉阿科莫酒店的一条清扫干净、绿树成荫的道路上。道路两旁耸立着美丽的建筑,不时会看到别墅和宫殿。从敞开的大门可以看见里面富丽堂皇的房间,身穿黑色西装、系白色领带的仆人们穿梭不停,女仆们的穿戴不亚于她们的主人,保姆们穿着用上等印花布做的白色围裙,站在门口等候。

在各式各样金碧辉煌的宫殿中,一座简朴的石头建筑以其简洁而引人注目。它看起来像是小丑画廊中唯一严肃的面孔。

人们朝那边走去，我跟在他们身后，走进了一座亚美尼亚天主教堂。

这真的是一座亚美尼亚教堂吗？我听到人们在用土耳其语交谈，用法语问候。我看到自己周围都是欧洲人。他们没有遮住头，手里拿着手套，一动不动地站着，就像施泰因商店里精心装扮的模特。没有人祈祷。神父在祭坛上用一种难以理解的方言嘟哝着什么，周围一片沉寂：这是一场普通的弥撒。女人们翻阅着象牙装订的祷告书，她们身上裹着束胸衣，没法弯腰，只不时在祭坛前低下头。男人们整理着衣服上的褶皱，偶尔单膝跪地。每个人的神情都像是在观看一场演出。

突然间，我看见了阿梅尼萨。在这里，在这个神圣的地方，我觉得她简直美得不可方物。在这些戴着面具的面孔中，只有她的脸是真挚而虔诚的，有种孩童的天真。然而我必须中断对她的欣赏，因为我的目光可能会引起她的关注。我站在体面的人群中，被女士们身上的香水味熏得昏昏沉沉，努力遏制自己不做出些不合时宜的举动。

我非常拘谨，害怕这些陌生人会嘲弄我，我既不敢坐下，又不敢离开。我徒劳地回忆起童年的记忆，试图搞清楚，这究竟是仪式的开始还是结束。我几近绝望，大滴的汗珠从我的额前滚下，突然，我注意到一些人正在离开。

有救了！绝不能错过这个机会。我鼓起勇气，毫不犹豫地冲向出口。是的，我飞奔过去，因为我看到阿梅尼萨正朝那里走去。我们在教堂前的台阶上相遇。离开前，她将手指浸入大理石圣杯中，然后画了十字。我不知道这水有什么作用，但我也照着做了。不知是因为这水，还是因为她，幸福的感觉渗进了我的灵魂。阿梅尼萨看着我,她漂亮的粉唇上浮现出一个微笑,好似地平线上升起的一道阳光。

我们的友谊就是这样开始的。圣杯将我们的手连接起来,圣水融化了阻隔我们的冰墙。

回哈尔基的途中,我们坐着的是同一艘船。阿梅尼萨和我谈起了美丽的天空、变幻莫测的当地气候,还有在哈尔基的短途旅行,而我害怕失去她对我这来之不易的好感,所以仔细斟酌自己的每一句话,谨慎地回答她,这使我显得有些傻气。现在她像对待老朋友一样对我,不拘礼节。她嘲笑当地的年轻人,我觉得她的嘲笑也部分适用于我。

她突然盯着我,问道:"您是天主教徒,对吗?"这个问题问得出乎意料,但我没有惊慌失措。

"是。"我简短地回答,以此强调这个问题没有必要。

我很惊讶,自己居然毫不犹豫地公然撒了个谎,但我觉得,她被我坚定的回答说服了。

"从您的发音就能感觉到了,亚美尼亚人无论如何也没法像您这样说土耳其语。"她的后半句带有明显的蔑视。

我们一直在说土耳其语。我感觉这位虔诚的天主教徒对亚美尼亚人有着强烈的仇恨,但我依然爱她。

3

是的,我爱阿梅尼萨,于是当了一回幸福的叛教者。关于我是不是天主教徒的问题,蕴含了恋人的心才能理解我脱口而出的某种决心。我毫不犹豫、毫无愧疚地回答"是",隐瞒了自己的信仰,就像一个穷人向富人隐瞒了自己的贫穷。

说"是"是多么容易呀！这个小小的词由两个字母组成，却意味着半个宇宙，因为整个宇宙都是由"是"与"否"构成的。我跨越了难以逾越的障碍，并为此感到心满意足。如我所料，她不仅是一个虔诚的天主教徒，还是亚美尼亚人的憎恨者。出生于贫穷渺小的亚美尼亚族，使她对亚美尼亚充满无法调和的强烈恨意。天主教带给她真正的满足，这使她有机会觉得自己属于另一个民族、另一种信仰，并一劳永逸地消除作为亚美尼亚人的耻辱。当被问到自己的民族属性，阿梅尼萨这类人总是会毫不犹豫地回答："我是天主教徒。"

我从来没听她说过任何亚美尼亚语。在阿苏恩[①]的支持者与反对者的斗争中，她成为阿苏恩的狂热支持者，因为对她而言，变成一个真正的拉丁女人比继续做一个糟糕的亚美尼亚女人要好得多。

不过，天主教对她来说要比阿苏恩主义重要得多。在这里，她比教皇本人还要虔诚。只有在附近没有欧洲天主教的情况下，她才会去信仰罗马天主教的亚美尼亚教堂。从安卡拉[②]搬到普鲁萨，从普鲁萨搬到这里，她始终没有放弃自己的信仰。

她的狂热并不逊色于她的美丽，令我着迷并征服了我。

屈服于她所有的论点对我而言是件愉快的事，在她眼里，我俨然是个天主教徒了。现在每当我热烈地爱着她时，我就有叛教的冲

[①] 安东·阿苏恩（1809—1884）：亚美尼亚天主教会的主教。亚美尼亚民族传统的反对者。他主张亚美尼亚天主教完全拉丁化。

[②] 译者注：安卡拉，奥斯曼帝国（1299—1923）时期的城市，当时的首都是伊斯坦布尔。1923年土耳其共和国成立，迁都安卡拉。

动。我觉得，我同意她所有强人所难的观点。

她对这个世界有着不可思议的看法，而我不敢反驳。这个让我迷恋的小脑袋认为，罗马教皇的权力是至高无上的权威。在这个美丽、无知又虔诚的女人面前，我一直战战兢兢，从来都是她的手下败将，只是在心里为我的民族和我的宗教遭受的非议感到难过。

阿梅尼萨却不知道，她的柔情很快让我忘了这件事。

因此，我总是被满足的快感和永远贪得无厌的欲望所折磨，我的内疚和狡辩如影随形，我不断地在良心与爱情之间摇摆，并惊恐地想起自己胆大包天的谎言，想着它终有一天会败露。

阿梅尼萨的爱波涛汹涌，如仇恨般激烈。她不是那些一朝受诱惑就不敢再反抗，只能自卑自贱的女人。相反，堕落让她变得更加高尚。她在少不更事的年纪被谎言蒙骗，如今她的脸上有着超越年纪的严肃和沉静。尽管她是一个情妇，但她赢得了所有人的尊重。这是怎么做到的？她为什么吸引我？我不知道，我只知道一点，我是世界上最幸福的人。

我觉得，天空变得史无前例地清澈而蔚蓝，大海不同寻常地静谧，海浪神秘地诉说着甜言蜜语，我爱上了花草、树木、山峦的幽寂，夜里的星空成为我知心的密友，我变得温厚而谦逊，我第一次感受到宇宙的壮丽，欣喜若狂地写下诗篇。总之，我坠入了爱河。

生活是一幅美好的幻景，如若你透过青春的缝隙去看它。

从此往后，那些无比幸福又备受折磨的日子一去不复返了。

阿梅尼萨对我倾注了无尽的柔情。比起阅历丰富的男人们的大胆，她更喜欢我的惊慌与胆怯。女人就是这样：她们喜欢给予爱的人母亲般的照顾,这种照顾必然意味着权力的掌控。一个人生中第一次将女人的手握在掌心的羞涩男孩,比一个经验老到的情场老手更受欢迎。

不可思议的事情发生在我们身上:我们两个都很幸福。我说不可思议是因为,在爱情中通常一个人的幸福是建立在另一个人的痛苦之上的。

我们没有掩饰我们的亲密关系。所有人都感到惊讶并对我羡慕不已。没人知道,我是如何设法实现这种幸福的。

我俩经常在岛上散步,采摘路边生长的野草莓。日落时分,在修道院的小森林里,远离恶毒的闲话。我们俩,只有我们俩,握着彼此的手,坐在某棵树下,望着我们面前马尔马拉海那平静的蓝色海面。根据阿奇利亚①的说法,我们年轻的船夫会在夜里握住他的六桨船,随时准备就绪,在月亮的光辉下顺着柔软平静的海浪,将我们送到普林西波隐蔽而荒芜的海岸。

阿梅尼萨的声音优美动听,没人能像她那样,将歌曲唱得如此真挚,能够抚慰人的心灵,令人热泪盈眶。她常常吟唱关于爱情的悲伤的歌。

有一次,她似乎因爱我而感到懊恼。

"我们不是天生一对。"她忧伤地摇摇头说。

阿梅尼萨从未问过我来自哪里,父母是谁。我是天主教徒,这就足够了。我对她也知之甚少,关于她的大部分信息更多是基于猜测。

起初我称呼她为"夫人"。后来,当我们变得亲近后,我只叫

---

① 译者注:阿奇利亚,船夫的名字。

她玛丽。有一天,我告诉她,我第一次知道阿梅尼萨这个名字,是因为岛上的居民都这么叫她。

我无法形容她听到这些话时的愤怒。

"我是天主教徒。"她冷冷地说。

她的老朋友会在固定的几个晚上来找她。这是一个银行家,法国人。他们已经认识好几年了。我渐渐确定,他是阿梅尼萨的情人,正在为她所有的开销,乃至挥霍买单。他不是一个会令人局促的人。他总是顺从又安静,我觉得他很像一头装满金子的驴,这样的驴随处可见。

银行家吃得多,说得少。他对阿梅尼萨付出得多,收获得少。他最大的快乐就是取悦阿梅尼萨。他没有孩子,也没有亲人,为了她,他准备牺牲一切。他想娶阿梅尼萨,但这位年轻女子坚决拒绝出售她的自由。

我们的生活在和谐与互爱中度过。阿梅尼萨甚至没有怀疑过我是格列高利教徒[①],但坦率地说,我遭受着非自愿叛教的痛苦。

亚美尼亚人是她嘲笑的主要对象。她攻击我们的语言,却并不懂它。她从未迈进我们教堂的门槛,因为她觉得那是犯罪。为了不引起她的怀疑,我小心翼翼的,试图挑战她毫无根据的错误判断。

我觉得自己的处境有损尊严:我的良心在愤慨,我不断感到堕落的耻辱。但失去阿梅尼萨,比失去我的生命更痛苦。

但这种伪装又能持续多久?毕竟,一件没能预料的小事就能揭

[①] 译者注:此处指的是亚美尼亚格列高利教,古基督教会之一,301年由格列高利主教创立,其宗教教义和仪式接近正教,但继承基督一性论。由全体亚美尼亚人天主教总主教主持。

露真相。我时刻处在害怕失去阿梅尼萨的恐惧中。是的，我的幸福是苦涩的，却同样令我享受。

4

九月的一个星期天早上，那天是教会的节日，我们坐在海边的俱乐部里。俱乐部里渐渐挤满了衣着华丽、浓妆艳抹的希腊女人。管弦乐队正在演奏。轮船停泊在码头上，将一群闲散的游客送到哈尔基开启短途的旅行。

我们望着人们从舷梯上走下来。四周笼罩着欢快的氛围，我感到从未有过的高兴，心甘情愿地被阿梅尼萨的笑话逗乐。

突然，一个身材高大、留着花白的长胡子、穿着黑色教士服、肩上披着一件毛披肩的男人，从远处看见我，向我点点头，并朝我的方向走来。我立刻认出那件黑色的教士服和他的长胡子。那个走近我的人，脸上带着亲切的笑容，可对我而言比班科本人的影子还要可怕一千倍。那是我们的神父。他是一个正派、虔诚、温厚且宽容的人，喜欢交谈。这位神父从未忘记我们。他亲自给我施洗，把我当作儿子般疼爱。我感觉风暴正在临近，并徒劳地试图避开。我真想找个裂缝躲起来。

"你好，我的孩子！"我的耳边响起神父的声音，他已经走到我们面前，并未注意到我的紧张。

"看，我在这里找到你了。你们住在哪里？你从去年起就没再找我忏悔过。今天你们全家都得忏悔，下周末你得去贡纳领圣餐。这位女士是谁？我不认识。"

女士？我甚至没有勇气直视她的眼睛。我朝利瓦季的方向做了一个手势,向他表明那是我们的房子。

"你父亲在家吗?"

我没答应,摇了摇头。

他是从我的沉默中明白了什么吗?我不知道。但我痛苦的神情一定给他留下了深刻的印象。他离开了我。

"别迟到!"他用命令的语气对我说完就走了。

整个谈话中,阿梅尼萨没说一个字。她注意到神父走过来,但没想到他是朝我走过来,她打算取笑他,逗个乐子。但当神父向我直奔过来,像对老熟人一样同我说话时,阿梅尼萨简直震惊。她所听到的谈话似乎是不可思议的。但她明白了一切。

神父一走,她就目不转睛地盯着我的脸。我感觉那冰冷锋利的目光,好似匕首一般,刺穿了我的心脏。我低着头,额上直冒冷汗。

"所以,你不是天主教徒,你一直在欺骗我?"她问道,声音因发怒而有些颤抖。

我苍白的脸色比任何话语都更能证明我的罪过。

"你为什么不回答?你骗了我,是吗?"她不顾周围人的注意,愤怒地喊道。

我沉默不语。

"说啊,我在等你回答!"她气愤地重复,脸色苍白。

那些坐在周围的人开始朝我们投来目光。

"这里不是谈话的地方。大家都在看着我们,稍后我会向你解释一切的。"我对她说,试图挽救局面。

"哪里适合?哪里?你说!"

"我们去旅馆吧。"

"好!"

或许是迫不及待地想到听我的解释抑或借口,阿梅尼萨立即起身。我像个囚犯一样跟着她,尽管我在努力想办法,却什么办法也想不出来。我边走边想,我昙花一现的幸福就快到头了。我知道,阿梅尼萨性格固执,又爱记仇,是不会宽恕我的;我的损失是无法挽回的,分开已在所难免。

我们来到旅馆。我多么希望,去旅店的路永无尽头,我们永远也无法到达。

我们一起走进房间,走进那个香气迷人、亲切诱惑,萦绕着海誓山盟的房间。此刻我进来的时候如同一位被告,过会儿出去的时候应该是个已被判刑的罪犯。

离开这个房间并不容易,但我也无法再继续自己的谎言。曾经那句"是"带给我无上的幸福,因此我打算同样用这句话来结束我罪恶的幸福。

但我无法起身静静离开,我心如刀割,懊丧至极。我将自己内心的所有痛苦,我的爱与罪,一股脑地向她倾泻出来。阿梅尼萨惊讶地听着,没有打断我,让我将灵魂中沸腾的情绪发泄出来。我用绝望的勇气为自己辩护。我痛斥她的宗教信仰,为自己两个月来伪装的痛苦而报复她。我违反了她不容逾越的神圣原则,我知道,我的离开已成定局。

"不管你有多恨我,我会依然爱着你。我的爱比你的更纯洁、更真诚。"我说,"我的爱会弥补我的罪过,而你的爱只是一种盲目的狂热。"

阿梅尼萨被我的勇气惊到了。她从未想过,我会这样勇敢。我的激动有一瞬间触动了她的内心,但我对她信仰的嘲讽再度唤醒了她的宗教情感。

"好吧，好吧。"她打断了我，"总之，你是格列高利教徒，一直以来却装作一个真正的天主教徒。既然如此，从今往后，我们之间再无瓜葛。去找你的神父忏悔吧。毕竟这个可怜的家伙已经等你很久了。"

"好的，我会的。"

我走了，或者更确切地说，是跑出来的，就像逃出一个即将倒塌的屋子，因为担心墙壁会突然倒塌砸中自己。我走了，将自己的梦想和希望留在了这个小小的房间里。从此再没回来过。

路上我遇到了我家的厨师，他在到处找我。事实上，神父还在我们家里等着我忏悔。

"真是够人受的，让他等着吧！"我对仆人喊道。我像个疯子一样跑开了，却并不知道要去哪里。

阿梅尼萨病了约一个礼拜。近几天的风波令她难以承受。她曾真诚地爱过我，我们的分手对她来说打击很大。我从仆人那里得知，我走后她哭了很久。每天早上我都去旅馆，偷偷打听她的健康状况。

她很快就痊愈了，不再焦虑，疾病缓和了她的怒气，愤慨让位于冷静，冷静转化为反思。

这次大的刺激摧毁了她意识中用偏见筑成的脆弱建筑。她变得理性且通情达理。她不仅是用她的心，更是用她的灵魂在爱我。经过深思熟虑，她得出一个结论：即使我是一个格列高利教徒，她也一直爱着我。她不得不承认，将亚美尼亚人视为粗鲁野蛮之人是对他们的诽谤。阿梅尼萨真心地依恋我，她将我的谎言解释为爱情的力量，理解了我的欺骗并原谅了我。她与我和解，在意识到我的巨大牺牲后，便用更大的牺牲来回报我。我曾假装是天主教徒，而她则真正接受了格列高利教。爱战胜了偏见，就像它暂时迫使我的良心和信仰后退一样。然而在此之后，我们的爱情并未持续很长时间。相互的自我牺牲耗尽了我们对彼此的依恋。阿梅尼萨接受了我的爱，并用她自己的爱来偿还。但过去的幸福时光依旧一去不复返。我们仍然是朋友，但再也不是恋人了。

抛弃自己的偏见后，这个女人似乎失去了她最大的魅力：她不再是个不同寻常的女人。

现在我明白，女人需要保留她们的偏见、谬论，甚至糟糕的性格。女人的气质是一个整体，不应该用任何东西去动摇它。

成为一个懂事的女人后，阿梅尼萨不再动人和神秘，渐渐地，我也失去了对她的兴趣。是的，也许就是这样。

当人们称呼她阿梅尼萨时，她已不再生气。她留下这个名字是为了纪念我们的爱情。

后来，环境使我们分离。再后来，多年过去了。我刚刚得知，阿梅尼萨嫁给了她年迈的朋友。

"主啊，请宽恕我！"

1

晨祷在十二月清晨潮湿、寒冷的微光中开启。教堂的钟声迎着暴风雪悲戚地嗡嗡作响，空荡荡的教堂被老神父的声音逐渐唤醒，四周的石墙与教堂的拱门在清晨的严寒中瑟瑟发抖。

神父缓缓地读着祝祷词，等待迟来的教区居民，平日里大冬天天还没亮就赶来教堂做晨祷可真不容易啊！

神父手提着香炉，继续唱着圣诗："主啊，请洗去我的罪过，洗净我的罪孽……"祈祷的话语沉闷、单调地重复着，按照古老的习俗脱口而出，在空荡、阴沉的教堂中无精打采地回荡着，淹没在昏暗寒冷的黎明中。

布道坛上闪过一个影子，这是教堂司事[①]，教堂的守护人，一

[①] 译者注：教堂司事，教堂的下级职员。根据传统，为教区神父的助手。

个坚定的守护者。他敬仰这种黎明前的沉寂,敬仰祭坛上悬挂的长明油灯以及教堂里的所有圣像。对他而言,它们既亲近,又亲切。他不知疲倦地走到一个个圣像前,像拯救患病的孩子一般,拯救烛台上即将熄灭的蜡烛。

渐渐地,人一个接一个地出现了:一个敲钟人、一个挂着木头拐杖的乞丐,还有两个睡眼惺忪的泥瓦匠。天已经亮了。匆匆上班的人们经过这里,手画十字,祈求上帝保佑一日的顺遂。

这就是平日里的祈祷者。

2

一个货币兑换商,也就是东方人口中的典当商,他今天早上来晚了。圣歌唱了将近一半他才到达,平日里他会从头听到尾,并以此为傲。

尽管严寒难耐,但他进来的时候依旧满头大汗,气喘吁吁。他身子肥胖,笨手笨脚。脱下土耳其帽,露出肥硕发亮的大脑壳后,他跪了下来,虔诚地画完十字。而后一声响亮的呼喊从他的胸膛中迸发出来:"主啊,请宽恕我!"

他从未迸发出如此痛苦又真诚的求饶声。

身形肥胖的货币兑换商跪在地上,耷拉着脑袋,半闭着双眼,呈现出一种可怜的景象:这是对上帝怒火的卑微屈服。他大声地祈祷,丝毫不怕被人听见。他疯狂地忏悔自己的罪过,乞求上帝的宽恕:"主啊,请宽恕我!主啊,请宽恕我!"

然后,他松了一口气,站起身来。他响亮的祈祷声,盖过了神父的声音,令教堂的祈祷者们十分惊讶。

他仿佛是在自己家里似的,唱诗班、门廊、圣器室好像都属于他。他自顾自地读起祷文,甚至赶在神父前面,清晰大声地说出每个字,强调它们的意思和神圣性。读累了就休息会儿,然后又用响亮的声音与神父含混不清的嘟囔声重合。当神父无意间读错一个地方或是在某个地方延迟一下时,货币兑换商会斜着眼睛看向他。

接着他重新回到自己的祷告上,不厌其烦地鞠躬,用嘴唇和额头亲吻满是灰尘的地板,如泣如诉地哀号自己的罪过:"主啊,请宽恕我!"

3

这就是货币兑换商马尔季罗斯阿哈[①]。他的每个早晨都是这样度过的。他从未错过一场晨祷,只要有他在场,就不会放过读祷文时的任何一个错误。

这位信徒的虔诚让神父本人都感到羞愧。教堂的所有神职人员都对他恭敬有加。农民们极为敬重这位信教的大财主,尽管他家财万贯,但依旧对上帝恭顺、敬畏。

马尔季罗斯在他的典当铺里是个威严的人。他早年是个孤儿,却有许多的叔侄。随着马尔季罗斯的发达,他们一个接一个地来找他学习赚钱和与客户打交道的门道。渐渐地,他们开始和他一起做晚祷,并在不知不觉中与他有了小小的相似之处,即在上帝与致富之间灵活地找到平衡的秘诀。

---

① 译者注:阿哈,奥斯曼帝国军官头衔,如今是土耳其农村对富裕农民的称呼。

然而，他们当中没人能像马尔季罗斯这般，聚敛如此多的财富。

无论这些剥削者如何发挥他们与生俱来的重利盘剥的能力，无论他们如何编织一个个巧妙的诡计，也无论他们与达官贵族打交道时是多么地卑躬屈膝，殚精竭虑，但与马尔季罗斯相比，都自愧不如！哦，尽管他们每个人都清楚他们聪明的亲戚是如何填满腰包的！

4

很多年前，一个瘦弱赤足的年轻人，离乡背井地来到伊斯坦布尔，用遭受无数羞辱和违背良心的不正当交易为代价积攒起来的五百个库鲁什，干起了典当的买卖，从此迅速发达。没人能像他这样如此精通这门生意，因此在家乡也声名大噪：难怪他成了教堂的助祭，并对教会关于节俭的教规了如指掌。

穿着助祭的圣衣，他忘记自己曾经是个一贫如洗的孤儿。在教堂里，面对万能的上帝，他突然觉得自己变得高大，不仅能和其他人相提并论，甚至比他们更加虔诚，哦，他如何能不爱教堂！他在那里度过了无忧无虑的少年时代。他深信，天堂是为孤儿和无家可归者准备的，所以他从不担心，上帝会遗漏了他。

然而，当他年满十八岁时，亲戚们强迫他去伊斯坦布尔"出人头地"，仿佛在贫困中就无法"成人"。

无论是在艰难的路途中，还是在到达伊斯坦布尔之后，马尔季罗斯的观念和信仰都对他毫无用处。

不，首都与他的家乡完全不同。这里看不到任何漏水的屋顶，看不到宽大的乡村灯笼裤,也看不到妇女头上脏兮兮的薄纱。新世界唤醒了年轻人的新思想。贪图享乐使他变得贪得无厌,追逐暴利。他过去的无限的虔诚变成了极度的贪婪。

他蜷缩在教堂的角落里,不断地祈求和赞美上帝,恳求赐予他金钱,只要金钱。而他因辛勤工作得到的微薄收入,在他看来,是神的恩赐,是对祷告的奖赏。

于是他的贪婪在不知不觉中膨胀。当他碰巧获利时,他认为这是上帝仁慈的表现,因而没有必要拷问自己的良心。难道上帝能不知道该将恩典赐给谁吗?

5

唯独有一次,他很犹豫。马尔季罗斯阿哈的一个朋友,深信他对宗教的虔诚,临死之际将很大一笔钱,非常大的一笔钱,托付给他,以便他在其死后能将这些钱分给自己的亲人和同胞。马尔季罗斯阿哈坐在病人的床前,大门紧闭,起初他不敢相信还有这样的好事,不相信命运会这般慷慨大方。

当看到朋友箱子里的钱时,他感到一阵不可抗拒的战栗。他立刻冒出一个念头:掐死病人,拿上钱,一走了之——多么愚蠢的念头!他克服了自己的冲动,但这有什么意义呢?上帝似乎听到了他的心声,天意帮助了他,使他摆脱了可怕的诱惑。

毫无疑问,是上帝的手指将他指给了这个病人,所以马尔季罗斯决定听从上帝的旨意。

起初,马尔季罗斯表示反对,拒绝接受朋友的钱,但他反对的声音很小,以免门外有人偷听。后来他渐渐壮起胆子,谈起条件,主要是他是否需要支付利息。"不！"垂死的病人高声回答。到这时马尔季罗斯终于让步，收下了钱，并引用了《圣经》里的词句，盛赞病人的舐犊之情。

这位朋友很快就去世了，葬礼上马尔季罗斯阿哈被公认为逝者最好的朋友：他简直悲痛至极。

在通往墓地的漫长路途中，马尔季罗斯阿哈一刻不停地谈论已故的朋友：边称赞他的善良高尚，边痛哭流涕。而其他人则走在棺材后面，谈论商业、进口商品券，还有房子。

听着这些人的谈话，马尔季罗斯阿哈怒不可遏，仿佛是他自己参与了这些不合时宜的谈话，痛心疾首地大声呼喊："主啊，请宽恕我！"

送葬的人沉默了，一言不发地走了一段路。然后有个人，似乎是个印花布商，重新开始了被打断的谈话："是时候从外来商手中夺取贸易权了……"

6

马尔季罗斯阿哈怀着深切的责任，将逝者视为自己的恩人，不允许任何人说他的坏话。难道死者不配拥有万贯家财吗？不，他的朋友当然是无可指摘的。他没有反复犹豫自己该不该将故人的钱财占为己有，有没有权利支配别人的财物。他只是问自己：为什么上帝将这些财富托付给他，而不是别人？这个问题得到了完美的回答：上帝赐给他一个致富的机会，所以他，一个虔诚的人，使用了这笔难以计数的财富。不，一个没有得到上帝恩赐的人是想不到这一点的。

参透了上帝的意志后,马尔季罗斯阿哈心满意足地接受了上帝的恩赐:"上帝的旨意是神圣的!"

与此同时,死者的亲人陷入贫困。死者的遗孀来找马尔季罗斯阿哈——丈夫生前最好的朋友,谦逊地向他寻求帮助。

马尔季罗斯阿哈没有拒绝。他的心中产生疑虑,脑中闪过一个念头:他是否犯了盗窃罪?但虔诚的想法再次启迪了他的灵魂,如果这是一种罪,那么凡人的任何罪都会被宽恕,只需真诚地忏悔并恳求怜悯。

"主啊,请宽恕我!"

马尔季罗斯阿哈劝导自己:必须帮助死者的亲属,但捐给人民的那份,得保留下来。这笔钱不能直接交给人民,否则早晚会被掌权者收入囊中。

他出于对人民福祉的焦虑和关心,将钱保存起来,确切地说,是让它们流通起来。在他灵巧的手中,这些钱很快带来了利润。货币兑换商的成功证明了他的行为情有可原。这意味着,他走上了上帝指给他的正确道路,也意味着,上帝接受了他的忏悔,于是他不断地发出声声悲痛的忏悔之音:"主啊,请宽恕我!"

锚

1

　　她对宗教极其虔诚。虽然她是一个聪明的女人,但她认为大自然的所有奥秘,生命的所有现象都是上帝的旨意。祷告是她的灵魂最迫切的需要。她从父母那里继承了在特定时间祈祷的习惯,并希望将这个习惯传给她的孩子。

　　她的父亲曾是富甲一方的有钱人,无奈家道中落,彼时她年纪尚小。自她结婚的第一天起,丈夫的亲戚们就对她没有好感。在丈夫阔绰的房子里,她没有什么发言权,总是小心翼翼,好似一个多余的不受待见的客人。她在这个家时刻保持警惕、永远蹑手蹑脚,孤独寂寞时唯有宗教是她真正的慰藉和心灵的港湾。

　　索菲科哈努姆[①]嫁过来的村庄里有个小小的木制教堂,正挨着

[①] 译者注:哈努姆,在土耳其语中是对女士的尊称,意为"女士"或"小姐"。

她丈夫的家，中间只隔了一个花园。从她卧室的一扇窗户望去，可以看到永远翻腾的蔚蓝大海，从另一扇窗户看去，可以看到教堂的石头拱门。两侧搭建的凸起建筑与教堂形成了一个巨大的等边十字架，像一只从容、静止的锚，仿佛触手可及。

婚姻对她而言标志着她与生活艰难斗争的开始，她认为这是上帝对她的考验，因而从踏上这条棘手之路的第一步起，她就将自己的命运完全托付给了上帝。

别的女人盛装打扮是为了过节、舞会和游玩，而她则是为了星期天早上去教堂，在合唱团的某个角落里祈祷。不过，她在穿衣打扮方面非常有天赋和品位，总是很优雅，甚至精致。

这位年轻女子美丽的帽子、鞋子和衣裙吸引了教区居民热情的目光。大斋节的星期四、圣诞节和复活节对她来说是无法言喻的快乐日子。

男人们通常会在教堂门廊前期待地驻足，等着她出现。只见她穿着束腰的连衣裙，露出纤细的小鞋跟，手里拿着一本象牙镶边的祈祷书，昂首挺胸地微笑着从他们身旁走过，周身散发出淡淡的香水味。

有时，她会在教堂门口逗留一会儿。这个对上帝极其虔诚的女子，她跪拜时的严肃神情、祈祷时的轻声细语以及画十字的优雅动作，令教徒们和她的爱慕者们激动不已。

2

她所有的魅力都蕴藏在她的虔诚之中。只有宗教给了她征服自己、遏制欲望的力量。

她的这种虔诚是有原因的。她的父亲曾经非常富有，但后来家道中落。年少时，她曾久久地梦想着拥有一件印花布的连衣裙，也会因想要豪华、漂亮的公寓而饱受折磨，但她并没有放弃。她相信，她不会永远一贫如洗，这个破旧的小屋子也并非她今生的最终归宿，尽管她并不知道这种信念从何而来。她时常回忆儿时的幸福时光，恍如梦境：宽敞的庭院、没有尽头的走廊、数不清的房间和一众的仆人。这些记忆激发了她的想象力，唤醒了她心中隐秘的梦想，也折磨着她的灵魂。

于是，她相信，唯一能将她失去的一切还给她的，唯有独一无二的上帝，上帝就在她身边。她的妄念越是强烈，她对上帝的指望就越发坚定。她坚信上帝，是因为她痛苦的灵魂需要信仰。

如今，信仰对她而言意味着更多，因为她的少女梦突然实现了，这要归功于一段没有欢乐，哦，简直是了然无趣的婚姻。对此她充满真诚与感激，她很满足并天真地以为："如果我满足，那么其他人也应该满足。"于是，她将自己视为上帝的捍卫者，去说服那些怀疑上帝的人，可当这些人不断变多时，她感到痛苦又惊讶。她真诚地与他们辩论，并未注意到自己观点的漏洞。有人嘲笑她坚定不移的信仰：他们向她列举了各种各样的灾难，人们的死亡、各种破坏，指责上帝给人带来的悲伤。一些亵渎者直接否认任何神的存在，索菲科哈努姆无法忍受这种亵渎，她从座位上站起来，伸出双手，朝着天空大喊："哦，上帝，我听到了什么啊！"

毕竟，她只从上帝那里得到了一件好事。至于那些遭遇死亡和灾难的受害者，如若这是上帝的惩罚，那么上帝必然有自己的理由。

3

现在索菲科哈努姆正焕发着自己的第二春。

每个女人,在步入老年之前,都会最后一次散发青春的魅力。这种日落西山前焕发的魅力将索菲科哈努姆照耀得如此绚丽动人,比她的女儿还要更胜一筹。

她仍然笃信上帝,尽管在这好似被强风驱赶的海浪般的二十五年里,她遭受了无数的苦难。她不明白为什么会不断遭遇挫折,但这些打击并未动摇她的信仰。几年间,她四个孩子中的两个被死神夺走了,她丈夫的全部财富也只剩下回忆。有价证券的贬值以及其他的不幸接二连三地到来,最终彻底击垮了他。

上帝为何惩罚她?索菲科哈努姆刨根问底地思考着自己的人生,翻寻着过去记忆中的所有细节,不放过任何一个良心上的污点,抑或任何一个不善的企图。然而,在漫长的搜索中,她没有发现自己有任何值得受到残酷惩罚的地方。

最重要的是索菲科哈努姆害怕即将到来的贫穷。她的心情不再平静。她总是忧心忡忡,对于善良的上帝对她的态度感到困惑不解。

她向上帝祈祷,像询问亲人一样,无休止地问他:"您为何要生我们的气?我们干了什么坏事让您如此动怒?"

她实在找不到任何理由,也厌倦了再翻腾那些早被宽恕的陈年旧事,于是来到自己的房间,那间旧卧室,她在那里度过了自己的新婚之夜。在那里,她的眼前又出现了那座低矮的教堂,教堂两侧延伸出四个石翼,将椭圆形拱门的凸起部分遮住,它像过去一样从容、宁静，让人想起锚，也像过去一样激发了她的信仰。

之后她的家庭与上帝之间迎来了一段短暂的和平。就在她与上帝的关系岌岌可危之时，她怀上了自己的大儿子。她多么虔诚地祈祷啊，时常祈求上帝保佑他，保佑她最爱的这个体弱多病的小男孩！如今这个儿子在国家公职部门当差，前途无量，每个人都称赞他。索菲科哈努姆开始责备自己忘恩负义，竟曾怀疑上帝的无限仁慈。她每天早晚都要跑到教堂，在祭坛和所有神像前点燃蜡烛。

过去，很多人听说她丈夫的财务状况后，在街上都装作不认识他。如今，听说了他儿子的成功，又重新和他热络起来，仿佛他只是暂时地缺席，刚刚长途旅行回来而已。

她十分珍视上帝的帮助，为了感谢上帝的恩典，索菲科哈努姆决定承担装饰教堂的重任。她用细纱的窗帘、锦缎的帘幔、手工绣制的地毯和刺绣将整个教堂装点得熠熠生辉。她在节假日用金色的饰品装饰教堂，而在平日就用普通饰品。

她挨家挨户地帮忙做善事，帮助成年的姑娘挑选夫婿，又帮病人治好了病。她强迫她的朋友和熟人，无论男女，都必须立誓，为教堂进行募捐。她相信教堂守护神的力量，提前应允每个人上帝会实现他们珍视的愿望。得益于这位虔诚女人的努力，教会因得到无数的捐赠而变得富有。如今，正如索菲科哈努姆期盼的那样，她守护了自己的家人，免遭噩运的侵袭。

4

索菲科哈努姆陪在儿子的病床前，已经三天没合眼了。这个年轻人因长途劳顿，感染了风寒，最终患上了严重的肺炎。

索菲科哈努姆完全无法理解这一新的打击。医生一拨又一拨地到来，却都摇头表示没希望了。医生们的无助若是在别的时候只是被嘲笑几声，可眼下却是极凶之兆。

医生们的诊断让她不由得战栗，毕竟，周围没有人可以反驳他们的判决。因此，只要病人睡着，不论白天黑夜，她都会跑到教堂，跪倒在万能的上帝面前，泪眼婆娑地祈求他的帮助。

祭坛前的灯没精打采地闪烁着。有时夜里她会感到害怕，因为大面积的昏暗使她甚至无法看清圣徒的样子。现在只有看不见的魂灵待在这里。她的出现令它们感到惊慌，胆怯地从一个角落窜到另一个角落，将空空的教堂填得满满当当。

她竭力向病人隐瞒自己的感受，但她脸上的焦虑清晰可见：她的头发变白了，而且不知不觉中，她开始不自觉地穿起黑色的衣服。

儿子的情况越来越糟，她已经在犹豫，不知道该指望谁，是指望人，还是指望上帝？她害怕上帝的帮助会迟到，又立即恐惧地后悔这个想法：怀疑上帝的旨意是极大的罪过。

难道死神真会夺走她的儿子，她唯一的希望吗？

索菲科哈努姆的目光从无边无际、被泡沫覆盖的大海转移到旁边坚固的锚上。此刻锚已经无法激起她对获得拯救的信心，反而让她预感到即将到来的覆灭。怎么会这样？她一生只信任它，信任这个锚，这个摇摇欲坠的、无法依靠的支柱。

一切都结束了，但索菲科仍然站在儿子身边，等待着什么。天还没亮，她就去了教堂，要求上帝给她一个解释。她走过花园，偷偷从侧门溜进教堂，里面一个人都没有。它仍然是她认识的那个小教堂。在黎明前冰冷的昏暗中她看见了她熟悉的光秃秃的墙壁，但她突然觉得，一阵隐蔽的寒战掠过这些没有知觉的墙壁，然后墙壁就跟着颤动起来。

在祭坛苍白的灯光中，她看到圣母的脸，脸上挂着她永恒的微笑。索菲科哈努姆跪下来，开始诉说自己的痛苦……她声嘶力竭地哭诉着，声音响彻整个教堂，回声在教堂的穹顶里徘徊。

孤寂的烛光微微颤动，将女人跪着的身影照射在地板上，然后投射到石头穹顶上，而后又转移到阳台和柱子上，她的影子被奇怪地摆动着、打碎着。

几个小时苍白的烛光都在玩弄她的影子，而女人仍在愤怒地抗议，她试图唤醒这些沉默的墙壁，期望从它们那里得到答案。突然，她转过身子，看到一个影子，这是她自己的影子，一个黑色而凄厉的影子，这个影子会在未来等候着她，而现在她觉得这个影子就像一个对着她亲人的坟墓声嘶力竭的发狂女巫。

天完全亮了，烛光在墙壁上照射出一幅恐怖的画面：在连接拱门的铁杆上，用绳子悬挂着一具尸体，它像钟摆一样摇摆着，正对着圣母的圣像，伸长了舌头。尸体单调地摆动着，渐渐停止了旋转。当神父打开教堂的大门时，它仍在轻微地摆动着。

特法里克[1]

1

从离伊兹密尔[2]不远处的山间荒村里,一位身穿乡村灯笼裤的女人来到我们家,她那梳理整齐的头发被黑色的三角头巾包裹得严严实实。看得出,这是一个意志坚定的女人,她故意让自己看起来其貌不扬:从头到脚一身黑衣,面部病态苍白,毫无血色,那张被无情的寒风摧残的脸,更是像雪一般惨白。

为了悼念不久前去世的丈夫,她远离欢乐的世俗生活,并在这种有意为之的自我折磨中找到安慰和满足。她似乎用这种方式与彼岸世界,与阴间的丈夫建立了一种不可思议的联系,一心只想令他满意,顺从他专横的意志。她自愿的苦行做派好似在向已入阴间却始终盯着她的丈夫撒娇。年轻的寡妇仿佛在说:我只为你,只为你

---

[1] 一种非常刺鼻的气味。
[2] 译者注:伊兹密尔,土耳其城市。

一人梳妆打扮。

2

她全身心地投入女仆的角色,沉默寡言,总是简短地回答最必要的问题。

她既非不高兴,也没有笑容。到了晚上,晚饭一过,她会立刻退到自己的小房间,那房间光秃秃,十分简陋,好似一间隐士的禅房。她会在那儿一连几个钟头,不眠不休地为她留在山村的孩子编织一条无穷无尽的长袜。

她心无旁骛地工作,不知疲倦地干着活,穿着宽大的乡村灯笼裤在房子里急促地走来走去,勤快地将所有东西擦得一尘不染。

然而,尽管她付出了所有的努力,就是没办法将我的房间收拾得井井有条:这个可怜的女人一天要为我整理十次,但我每天会将她的劳动成果破坏十次——我把衣服扔得满地都是,地板上、沙发上到处都是书……她又一次一次地将一切收拾干净。她仿佛在用自己无限的体贴抵抗我顽固的粗心。

如若她竭尽全力的工作不算无声的抗议的话,那么她是没有抱怨的。不,她从不抱怨,相反,只会更卖力地收拾,似乎要用她无尽的宽容战胜我孩子般冷酷的随意。

我意识到,自己与这位辛勤的年轻女仆开的玩笑是多么不恰当,我尊重她无言的体贴和真心的担忧,对她总是像兄弟般友好,即使是必须发号施令的时候,也会温柔,甚至亲切地叫她:"亲爱的马里亚姆!"

3

家里所有人都叫她马里亚姆。我母亲从不称呼自己的女佣其他名字。她的真名叫阿什亨,然而,在别人家的新名字,对她而言,似乎意味着告别过去,告别自我。她连自己的名字都不被接受!家里的其他人都不以为意,他们冷酷无情地剥夺了女仆的"自我",迫使她按照新的方式说话、穿戴,舍弃自己的名字和农村的习惯。

忍受这样的屈辱并不容易。伊斯坦布尔人不喜欢阿什亨这个名字,在她家乡的年轻人中它却是最受欢迎的名字。她的行为举止和穿衣风格使得同乡的年轻人都倾心于她,而现在她不得不舍弃所有构成她女性魅力的东西。

每当我喊她"阿什亨!"她会立即放下手头的活,开心地跑过来,仿佛我是她在这个家里最亲近的人,并为她的名字不被首都的年轻人反感而感到骄傲。

偶尔我也会问起她已故的丈夫,以及留在山村的孩子。

她总是轻声回答我的问题,慢慢敞开那颗早已伤痕累累、疲惫不堪,无法被任何东西抚慰的心。即使这种椎心蚀骨的痛楚已经成为一种习惯和需求,割舍它对她而言却像让吸烟者戒烟一般困难。

她永远关心我的房间是否收拾得干净、整洁。我的窗户正对着花园,爬满了胡乱生长的玫瑰枝条,有丛玫瑰就长在窗台下,爬满了整面墙。她摆弄了很久,希望白色和红色的玫瑰能够将我的窗子装饰得很漂亮,营造一种红玫瑰、白玫瑰和丝绒绿玫瑰相得益彰的意境。

有时我白天出去了,她会到我的房间,在浓烈的玫瑰花香中编织她那条没完没了的长袜。她会友好地责备我将书扔得到处都是，然后又顺从地将它们一一拾起来："我为你感到难过，我的小先生，因为你毁了自己的眼睛！"

岂止是眼睛！要是她知道，那些皱皱巴巴、落满灰尘的纸片耗费了我多少心血，我所有天真烂漫的青春和颠扑不破的信念都镌刻在里面，我将一切都献给了这些纸张，自己过早地陷入负面情绪的泥潭，失去色彩斑斓的内心，仿佛一块已经熔化的死气沉沉的金属，徒劳地尝试拥有对世界的完整认识，想要变得自信和平和，如果她能知道就好了。然而，她什么都不可能知道。

有时我回来得很晚，她只能在晚上见到我，我会摊开一张白纸，又开始在上面涂涂写写……

为了不吵醒我，早晨她会踮着脚走路，还将窗户遮得严严实实，只求我能睡得踏实。

早上，每当看到我疲惫、浑浊的目光，阿什亨都会温柔地责备我，然后立即冲进厨房，赶紧准备丰盛的早餐，来弥补我的睡眠不足。

4

有时她会请求我的母亲来规劝我，让我爱惜身体。

"哈努姆，请劝劝他，让他晚上不要工作得太久，不利于健康。"

"你晚上不也一直在织袜子嘛。"我开玩笑说。

"我是为了孩子才做的……"

一提到留在乡下的孩子，她的声音就变了，脸上的悲伤变得比平时更为凝重。过往的苦难如一串串念珠般，接连不断地涌现在她的面前：结婚两年，丈夫病重，变卖家当，离开孩子，寄人篱下。她眼中和脸上的悲痛再也无法掩藏……于是，谈话自然而然地中止了。

不知怎的，我对她说："阿什亨，脱了这些灯笼裤，穿上这里的裙子吧！"

她发窘起来。在一个胆怯的农妇眼中，凸显女性身材的欧式连衣裙，被看作是有伤风化的奇装异服。

"羞死人了！"

不过，我感觉到，她的排斥正在减弱，她丑化自己的决心在我的坚持下逐渐松动，而且她也不再固执己见地说那句"羞死人了"。

5

欧式的连衣裙很适合阿什亨，完全改变了她的样子：首先她完全褪去自己的乡土气息。裙子的腰身太紧，而下摆又很宽。最初几天，这个可怜的女人走起路来很是艰难，警惕地注视着自己的每一步，生怕让人笑话。她觉得裙子领口的设计有些不道德，似乎想将隐秘的姿色暴露在外，供人观赏。

穿上欧式礼服的阿什亨美得惊艳：听着众人对自己外表的夸赞，她羞得满脸通红，默默地低下头。

渐渐地，她开始越来越密切地关注自己的外貌，仿佛有什么东西在她心里融化了似的。带着农妇的纯朴，她努力效仿首都贵妇们的装扮，丝毫不吝惜微薄的钱财，尽可能地打扮漂亮。她总是穿得干干净净，将头发梳得整整齐齐：深蓝色的三角小头巾绑在头顶上方，仿佛随时都有滑落的危险，完全露出浓密的深色卷发。一半的头发自由地垂在额前，另一半盖住了半边的脖颈，如鹅绒般柔顺的秀发衬得乳白色的脖颈愈加白皙。

她身上散发出我们没有闻过的香水味，但她做得非常小心，以至于我们都以为这种香味是她与生俱来的体香。这个外来妹喷香水的行为令我们有些震惊，它包含了某种神秘、柔情、令人激动又有所期待的东西。

不幸的是，所有这些紧张而激动的努力都是为了博取我一人的欢心。昔日的伤口在她心底渐渐愈合，现在她的心只为我一人跳动。

她的爱忐忑不安、战战兢兢，是种全然的忘我，一种无声的忘我，简直就是不计所得的牺牲！不！她为自己火热的情感感到羞愧，所以她小心努力地掩盖着，但它们在她体内疯狂地涌动，仿佛苏醒的火山，会随时往外喷发，发出轰隆巨响，冒出滚滚黑烟，燃起熊熊火焰。

她不求任何回报，唯一的愿望就是永远陪在我身边，用无尽的关爱包围我，不让我生病。让我一生沉沦在她用关怀编织的温柔乡中，远离任何痛苦和悲伤的侵袭。

这种爱情童话持续了将近一个月。我们在一起时，她常坐在地板上，将她那乌炭般黑亮的卷发散落在我的膝头，为我的爱抚感到欣喜，宛如一只被溺爱的猫般蜷缩和伸展。

很快，我就厌倦了这种闲适的爱情田园诗，哎，当时我不过才二十岁，还无法理解真挚爱情的可贵。女仆的忘我投入在我看来渐渐变成一道令我无法挣脱的枷锁，我觉得自己仿佛躺在医院里，徒劳地尝试恢复健康和自由。

她没有觉察到我的逃避，天真地认为，她没有令我难过，因此，我没有理由离开她。这个不幸的女人还不明白，她沉甸甸的爱意令我压抑,就像朗朗夏日里的酷热和沉寂那般令人难受。

可怜的女人还不知道,我们需要假意的爱抚和狡猾的诱惑,才能爱得失去理智。她没有意识到,她忘我的投入令我无法承受。与此同时,她感到,我正在疏远她。于是,为了将我抓在手里,她使用了非常手段,耍起了心眼儿。

当阿什亨向我走来,我立刻注意到,这次她特别装扮了自己。她依旧美丽动人:身材匀称,脸蛋白净,步伐婀娜,一双睁得大大的、宛如瞪羚般的眼眸中满含悲伤。突然,她身上散发出一股浓烈的特法里克的气味,那味道难闻得令人窒息。

我已经不记得,这事是如何发生的,只是那种难以忍受的香味瞬间令我讨厌起这个女人。我是否只是想找个借口与她分手,抑或这种当时深受女性青睐的香味暴露了她为了俘获我而做的所有刻意而可笑的努力,不得而知。

特法里克!她从哪儿弄来这东西?可怜的女人来不及说一句话,我就老远地朝她粗声粗气地喊道:"你身上是什么味道?赶紧去洗干净!"

她什么也没说,仿佛被牢牢钉在门口,诧异地望着我,不明白为何她无意的过错换来我如此冷酷的对待。她不知所措地站了约一分钟,仿佛战场上失去痛觉、濒临死亡的士兵,这士兵站定了一会儿,突然就向后倒去。

6

我还能说什么,你们肯定想知道这段爱情故事的结局。

阿什亨患了肺炎,在她的房里躺了大概有一周,患病的唯一罪魁祸首就是我。她遵照我的指示,当夜在冰冷的厨房里将自己从头到脚地洗了一遍,以消除挥之不去的特法里克的气味。而医生,从身份上来说更像是朋友,对农村妇女的古怪习惯甚是惊讶。

"她是疯了吗?怎么能在厨房里洗澡呢!"

我沉默不语。医生依旧很纳闷:"你说说,她是不是疯啦?"

我被可能发生的不幸结局吓得要命,一心只想着如何挽救她。

"她能活下来吗,医生?"

我焦虑不安地度过了八个昼夜,而后她的身体开始恢复,但恢复得如此缓慢,就像得了一种新的疾病。

现在,当我去看望她,询问她的健康状况时,她无比动人的可爱眼神依旧爱抚着我。那眼神中没有责备,她自己似乎很满足这种证明忠诚的新方式。她想当一个宽宏大量的债主,只要我一句温柔的话语,就能宽恕我全部的债务。

她再也想不起那件伤心事了,仿佛已经忘了它。与此同时,她总是疾病缠身,没有恢复过去的气力。她憔悴不堪、奄奄一息,连医生也沉重地摇摇头。肺炎转化成一种新的疾病,间歇性地发烧,不断地出汗令她越来越虚弱⋯⋯

阿什亨在她的家乡去世,我们遵照医生的建议将她送了回去:她死了,在我的良心上留下了沉重的谴责——这谴责迫使我在十年后的今天,写出一部悲剧小说来讲述我的不义之举⋯⋯

债务的祭品

1

这是一个牢固的大皮包。他提着它从早到晚地在街上游荡。这个有些年头的皮包是他生命中形影不离的伙伴。每天晚上,他都将肉和水果装在里面,带回家给他的两个女儿。孩子们早就站在门口迎接他,迫不及待地望着他的皮包,皮包也从未辜负她们的期待。

这个人的所有努力,他所有的奔波忙碌,都装进了这个皮包,它好似达娜依特的酒桶[①],三十年来他一直试图填满它,却怎么也填不满。他为生存所做的所有努力都装进了这个袋子:生活的酸甜苦辣,每天为了面包发愁——填满了他无限空虚的生活。这个袋子里有欢乐、有悲伤,也有回忆……皮包记得美好的时光,也记得糟糕的日子。皮包的命运和主人的一样虚幻,仿佛它的心情也与主人

[①] 译者注:达娜依特的酒桶,永远装不满的桶,好似一个无底洞,形容徒劳无功的努力。

的一样。他们两个,究竟谁才是真正的主人?只怕再过三十年,当源源不断的挫折如铁链般将他紧紧捆住时,他才会恍然大悟,这个冷酷无情的皮包才是他永恒的主人。

2

乌谢普阿哈是个身材中等、头发花白的男子,他曾是位富商,现在靠倒卖商品为生,提着成捆的印花布和衬衣,挨家挨户地跑到商店推销,力求满足消费者挑剔的品位。

是谁说供求之间能够和谐?乌谢普阿哈每天使出浑身解数说服顾客,他的商品卖得便宜,顾客却总觉得这桩买卖自己吃了亏,于是买家和卖家互不退让,最后乌谢普阿哈只能绝望地放弃。他的顾客早就熟悉了讨价还价的伎俩,如今这种还价的焦虑笼罩着可怜的卖货人,让他愁得要命。

诶!如果他是孤家寡人,那也就算了,可是他有女儿,他可爱的姑娘们正满心欢喜地看着他。她们不再是曾经的小娃娃了,已经长成了亭亭玉立的少女,充满了天真烂漫的期待……

女儿们是乌谢普阿哈唯一的快乐,她们少女般纯真的微笑让他感到苦恼,令他总是自责。他像个罪犯一样踏进家门,窘迫地望着注定要忍受贫穷的女儿们。他愧疚地低下头,然后抬起总是强颜欢笑的脸,试图用这副面具隐藏一个无助之人的失落与痛苦。

3

他们以每月两百库鲁什的价格租下了伊恰特耶家的小房子,就在斯库塔林斯基坡上。临街房间的墙上挂着一幅年轻女子的肖像，这是乌谢普阿哈的妻子。她在丈夫事业顺风顺水的时候撒手人寰，死于肺结核，但有关她的记忆仍然生动鲜活，他们没有一天不思念她。每当夜深人静，女儿们已经熟睡，这位父亲会在妻子的相片前默默无声地久久伫立，从她凝滞的目光中汲取支撑的力量。

他的精气神在一天天枯竭，就像他手中曾经的钱一样，现在他感到，自己内心的勇气也逐渐消磨殆尽。一大清早，他就颤巍巍地拿起皮包，最近有好几次他都是提着半空的皮包回来的……上午在港口，乌谢普阿哈围着商人们忙前忙后，他们有时会像施舍乞丐一样给他一点儿活儿。他极少会参与谈话，永远附和别人。他不和商人们并排行走，而是稍微走在后面，提着自己那只形影相随的皮包。如若得知商人们吃了谁的亏，乌谢普阿哈会比所有人都生气，他会骂那人是滑头、骗子，因为对方从他的买家——一个受人尊敬的人那里讹走了商品，却没有付钱。有时当商人们心情好时，他就给他们讲笑话，逗他们开心，希望博得他们的好感，以便明天能得到哪怕一份微薄的工作。

商人们也喜欢这个正派的人，他不像其他人那般纠缠不休地讨要佣金，仿佛他根本没有这个权利，即便是被克扣了工钱，他也总是乖乖低头。

4

顾虑重重的印花布巨头们，边走边讨论着他们商品的销售问题。主要的收购商是波斯人，他们如今已经睁大了眼睛，若是再通过缺斤少两的方式售卖陈旧、褪色的粗制布料，怕是很难获得过去的利润。商人们琢磨着新的省钱方式：付完关税和各种贸易成本之后，中介服务对他们来说成为负担。为什么他们需要中介？难道他们不能自己买卖商品吗？……还有一些其他原因，比如中介毕竟只是中介，而不是货物的主人。他既不能像货主那样真正地抬高价格，也无法有利地压低价格……乌谢普阿哈提着那形影不离的皮包，跟在他们后面，已经完全绝望了。

"乌谢普阿哈，这话不是说你。"商人们补充道，"你是自己人。"

这个可怜人松了一口气，可是零工越来越难找，债务越来越多，无情地缠绕着他。他穿戴整齐，从外表上看，谁也想不到他正面临着可怕的困境。

乌谢普阿哈到哪儿都带着他的皮包，他羞于将它留在某个地方或扔在哪里，以免在人前暴露出他的绝望处境，若是人们看到他两手空空会说什么？……

无奈之下，乌谢普阿哈向他追随的商人开口借两块金币，但被拒绝了：他已经欠了这个人五块金币，首先得把钱还清。那天晚上，他不得不以三十库鲁什的价格卖掉了他的铜表，来稍微填补他的皮包。

5

在家是高兴、快乐的：女儿们像从前一样关心他的工作，期待他带回来好东西。

"最近怎么样，父亲？"大女儿问。小女儿是个金发碧眼的小姑娘，像极了她的母亲，她补充道："别回来这么晚！……"

父亲笑了笑。不，情况还没有那么糟糕，往后，上帝保佑，会越来越好的。

"明天早点儿回来,带我们去散步吧……"

可怜的父亲答应了她们,答应了这些温顺却贫穷的孩子的一切要求,好,明天早点儿回来,带她们去散步。一想到散步,令人最印象深刻的景象却是一个隧道……哎,可惜站在隧道的一端,在深色的石头拱门下,你永远看不到期待的一线光明。

早上天微微亮时,乌谢普阿哈就乘坐第一班轮船前往伊斯坦布尔,腋下夹着空空如也的皮包——这个永远饥饿、永远令他憎恶的敌人,三十年来他从未喂饱过它的肚子。他紧紧地夹住皮包空空的肚子,想要将它勒死。

在伊斯坦布尔他没找到活干,卖手表留下的零钱已经花在路费上了,因支付从古兹昆丘格来伊斯坦布尔的路费而变得一穷二白的时刻正飞速地向他逼近——这是为了寻找那不可捉摸的希望而付出的费用,如今甚至连追寻希望也得花钱——钱花光了。

接下来该怎么办?这个问题,占据了他的思想,令他无法摆脱,并变成巨大的字母悬在他的头顶,跟着他移动,到处追赶他。

6

如果一个人现在不仅没钱吃饭,连路费都没有,只能像被钉在某个地方一样,那么他该怎么办?

乌谢普阿哈无法理解这一切。他走在大街上,揉了揉空空的皮包,突然他觉得自己又重新回到家里,与可爱的女儿们在一起,他失了神,不由得忘了自己,忘了如乞丐般没有面包的可怜处境,渴望幻想一小会儿自己是个富裕的有钱人。

家里的小房子在召唤他,似乎在要求他为女儿们创造无忧无虑的生活:帽子、新衣服,比她们小时候想要的更多,看着她们欣喜若狂的样子,他自己也很高兴。

幻想幸福是多么地容易,实现它却比登天还难!

皮包在他的手底下晃来晃去,斑驳的皮面撞到了他侧边的身子,活像个贪得无厌的债主,将他拉回现实。

接着他尝试了各种办法:以修理为借口低价卖掉家具;每天挨家挨户地跑到各个铺子希望改善自己的境况;为了赊货与人拉关系;等着或许有人能给他买张船票——可对于填饱他贪婪的皮包来说,这一切都是徒劳无益的。不知为何,他手里还提着这个皮包。

<h1 style="text-align:center">7</h1>

那天早上大女儿将皮包塞到了他手里:"昨天你没带肉回来,今天可别忘了,再多带些水果和奶酪回来。"

父亲匆忙逃走,身后又传来她交代的各种小要求。

在通往码头的下坡路上,皮包随着他匆忙、颠簸的步伐而发出低沉的咕噜叫声,仿佛饿极的肚子。

乌谢普阿哈绝望地攥紧口袋里的三十个铜板,生怕弄丢了它们,得靠这些钱到达城里,可晚上要怎么返回呢?他很懊恼,非常懊恼自己住在斯库塔里,那地方无法步行到达。若想不两手空空地回家,光有美好的愿望和勇气是不够的。

乌谢普阿哈坐在没有豪华船舱的船尾,远离熟人,身边只有一群穷光蛋。他将皮包自在地放在旁边,用手关爱地抚平它的褶皱。然后他的注意力被轮船桨叶的轰鸣声吸引。这乏味的曲调引起了他的兴趣：似乎它每旋转一圈都在思考着下一个圈。他倾听着这独特的旋律：轰隆——轰隆——轰隆……轰隆！感到很舒服。

此时除了这些神秘的轰隆声，再没有什么能触动他的心弦。他是谁，他为什么在这艘轮船上，他要去哪儿？

他在伊斯坦布尔遇见了熟悉的商人们，但他们阴沉冷酷的面孔令他说不出话来。"来吧，鼓起勇气，告诉这个人，让他打开自己的铁钱柜借点儿钱给你，因为你答应过孩子们晚上会给她们带吃的回去。"不，他说不出口。

他在集市上闲逛，不和任何人说话。他望着路边的商店，在珠宝铺前站了近一刻钟，欣赏着闪亮的饰品，想着他永远无法给自己的女儿们买这些小玩意，而后他突然想起来，女儿们还在家等他。

他问了时间，已经晚了。他立刻跑起来，耽搁太久了。现在他没时间犹豫，他需要面包，必须从他认识的第一个熟人开始乞求……

真是奇了怪了：他，乌谢普阿哈，有那么多熟人，却没碰到其中的任何一个。

向他迎面走来的这个，当然认识他：他们曾经是竞争对手，但自从乌谢普阿哈破产之后，那人再没同他打过招呼。而另一个，则快速地从旁边溜过，这人当然也认识他，乌谢普阿哈还曾为他做过担保，可这人前几天却拒绝借钱给他。只有一个比他还可怜的老头，向他问好。

乌谢普阿哈在桥边伫立：没十个硬币，他无法过桥[①]。正在此时，他突然意识到，好像少了什么东西。他努力地回忆，终于想了起来：他把皮包忘在某个地方了。然后他转身就往回跑，可是要它

---

① 因为过桥需要收费。

有什么用呢？

8

海水冲刷、摇晃和拂拭着男人仰面躺着的沉重身体，他双眼大睁，神色诧异，眼睛一眨不眨，视线直勾勾地望向天空，空中挂着一轮圆月，宛如一枚巨大的圆形银币。

从水里冒出黑色皮包的一角，它紧紧地套在男人的脖子上。皮包随波摇摆，将男人的头往下坠，但很快它又浮出水面，试图摆脱男人的重量。

在波光粼粼的海面上，这具脖子上挂着皮包的尸体，仿佛一艘漂浮在远处的大船，船尾拖着一艘小船。他们在水里和在生活中一样，形影不离。

这种关系无比坚固。

这个装满石头的皮包已不再有空瘪的危险，它吃得饱饱的肚子肿得发亮。它的位置已经不是在他的腋下，它在那里被折叠、夹住和勒紧了这么多年，不，这个固执无情、空虚绝望的皮包，现在成了人类债务的化身，终于找到了它真正的用处……挂在脖子上，这才是它如今最安稳的归宿。

它就像一个流亡者，在历经三十年的漂泊后，终于找到真正属于它的地方，然后躺在那里悠闲地休息……随着海水的每一次起伏，它粗糙的外皮都会摩挲男人的脸庞，给他以温柔的爱抚。

阿因卡[①]

1

冲突发生在高地上的埃卡拉马尔街区，那里的街道蜿蜒狭窄，起初，聚集起来的女人们低声谩骂、埋怨着前来搜查的卫兵们。

女人越聚越多。她们从各个角落和缝隙中钻出来，涌向一座破旧的老木屋，将整个街道堵得水泄不通。很快，所有的妇女和卫兵汇成一股密密麻麻的人流，简直难以区分，只能通过卫兵制服上的红色边饰进行辨认。

这群妇女的低声怨语，好似从巨人口中吐出的悠长叹息，升入炎炎夏日闷热的空气中。起初只能听到一种模糊的嘈杂声，后来声音变得越来越清晰，渐渐汇成一个统一的词，这个词是用某种难懂的语言说出来的，但人群里的所有人都明白它的意思。人们一开始默默地重复，而后相互传递，街上的人们纷纷效仿，狭

---

① 阿因卡，指违禁烟草，走私的烟草。

长的街巷好似一根巨大的管子，将这句话传向远方，传遍整个城市："阿因卡！阿因卡！"

法国烟草公司的员工不知道女人们会如何反抗，因而没有使用武力手段冲到屋子门口，据他们了解，屋内藏有大量违禁烟草。一想到奖赏，他们的眼睛就冒光，于是一次又一次地试图用身体挤出一条道路，努力靠近门口哪怕一小步，事实上他们离门总共也不超过十步。

然而人群越来越密集，双方都决心顽抗到底。这两群人之间的相互敌意、积怨已久的仇恨，还有一些传统的、无法回避的因素都赤裸裸地展现出来。

搜查和扣押烟草的过往回忆在人们的记忆中浮现，过去在斗争中遭受的伤疤被再次揭起，脓液和血液的气味刺激并引发了报仇的欲望。埃卡拉马尔的所有烟草储备，其居民的所有财富都存放在这个破旧的屋子里。他们本来可以通过出售藏匿的烟草存活一整年，现在却面临食不果腹的威胁。想到这里，人们又会回忆起过去被查封没收、重金罚款和长期监禁的痛苦经历。

催促的建议和指令，通过口口相传的方式，穿过人群，悄悄传进屋子："哎，阿科波斯，你干快点儿！"

不过，屋内早就热火朝天地干起来了。门内来回移动家具，拖动烟草的声音清晰可辨。人们沿着黑色的墙壁，依次快速地爬上隔壁的屋顶。

一股浓烈的烟草味沿着狭窄的街道蔓延开来。烟草公司的卫兵们对穿过拥挤的人群已经不抱希望，很是担心煮熟的鸭子飞走了。然而，陪同他们前来的警察更有先见，依仗着法律赋予他们的权力，毅然决然地冲向老屋。

顿时人声鼎沸，变成愤怒而尖锐的叫喊，仿佛烈日下灼人的强光。与此同时，同一个词在空气中反反复复地回荡："阿因卡！阿因卡！"

2

阿科波斯，两兄弟中的老大，是阿因卡奇①的头子。这个黑眼睛、黑头发的家伙穿着羊毛制成的结实灯笼裤，其牢固程度连匕首都难以戳破。他身强力壮，常穿着宽大的土耳其灯笼裤，在伊兹密尔市场里慢悠悠地溜达。

他遵照父辈和祖辈的规矩，不当一个躲躲藏藏的走私犯，数十年来公开地走私烟草，并坚信自己光明正大。这位杰出的阿因卡奇首领无数次浴血奋战。

曾几何时，这个非常年轻的男人，作为证人被传唤到法庭，被问到自己的职业时，他毫不避讳地回答："阿因卡奇。"

如今人人都知晓他、崇拜他，无论是路上的车夫，还是山里的强盗。他腰间悬挂的匕首是他从伊斯坦布尔带回来的，用柔韧的大马士革钢铸造而成。这把光彩夺目的匕首，从未无功出鞘。树木也很熟悉它，因为在愤怒苦闷的时候，他常在树皮上刻下字母A（这是他学生时代留下的唯一习惯）。现在，该城周边任何违禁烟草的运输都会交由他来押运。他谨慎又机敏，从不会弃托付于他的货物不顾，自己逃之夭夭。他仿佛身经百战的军事首领一样，有勇有谋，总是战无不胜。

---

① 阿因卡奇，指贩卖烟草的走私团伙。

如今他该结婚了，可谁愿意将自己的女儿许配给这个山民呢？然而多的是姑娘愿意在深夜里提心吊胆地等着他回来。

"你好，阿科波斯！你什么时候到的？"人们问他。

"昨天夜里。"

他总是在夜里回来，时间很不固定，沿着除他以外任何人都不知道的小路返回，连他的弟弟萨克都不知道。威严的阿因卡奇的弟弟是个年轻的好汉，如今在烟草公司当监工，还拿着不错的薪水。但住在埃卡拉马尔街区的亲戚们对他没有好脸色。姑娘们不希望他回来，甚至连最丑陋的姑娘都嘲笑他，他哥哥的未婚妻别尔丘伊也不和他打招呼。

这家伙为何突然和自己人闹掰，成为他们的敌人？

现在他将卫兵领到这条狭窄的街道上，领到他的老家门口。一切来得猝不及防，人们实在无法相信，小声地相互询问："告诉我，是谁把他们带到这里的？真的是萨克吗？"

3

一条向北延伸的山脉，宛如波浪起伏的线条，划破了地平线，齿状般伸向无垠的青空。在荫蔽山坡的森林里，林中笼罩着一种难以穿透的雾霭，使得绿色的森林在夜间的月光下，犹如凝结水汽的湖泊般波光粼粼。

旁边是逐渐萎缩的伊兹密尔海。月亮从天空映入海面，依旧清晰明亮，仿佛破镜的碎片，在波浪中闪闪发光。这些碎片时而聚合，时而分散，周而复始，经久不息。

一纵马队沿着石子路往前走着，几乎听不见马蹄声；马蹄被破布包裹着。这是为周边村庄运送烟草的押运队。马队旁边走着十个肩上扛着步枪、腰后别着手枪的小伙子。

月光径直洒落在押运队伍身上,照亮一群阿因卡奇,他们现在暴露在明亮的月光中,无处可藏。为防遭遇不测,他们走得小心翼翼,十分紧张,专心地听着林中的细碎声响。等到习惯了亮堂的光线,他们变得活跃了些,开始聊起天来:

"我们从埃卡拉马尔街区运来多少包烟草?"

"一百二十包。"

"阿科波斯在哪儿?"

"在前面。"

阿科波斯总是走在前面,迎接任何危险。他握着匕首的手柄,想着可能会在路上遇见弟弟。这个想法令他感到不痛快。他耷拉着脑袋走着,忘记了跟随他的商队,保护他们的重任全都压在他的小匕首和大心脏上。

他走进森林。月亮,仿佛也学着他的样子,沉入了森林的怀抱,落到树叶上,落到又细又长的树枝上,树枝戳破了月亮的脸。看上去,仿佛是月亮扑到尖锐的树梢上,想要自寻短见。

他多次想要结束这种险象环生的日子。现在他却冒着让亲生兄弟流血或是让未婚新娘变成寡妇的风险。

远处,一条小溪从山上倾泻下来,沿着干燥的河床潺潺流淌。青蛙呱呱地叫着,打破了夜的宁静。

他想起昨天的损失,想起他们没能救出的那些被没收的烟草,思绪不时地回到他的兄弟身上,然后攥着匕首的手握得更紧了。

4

此前一天,在离教堂不远的广场上,萨克看到别尔丘伊,在她还没来得及逃开之时,就走近了她。

"你还在生我的气吗?"

"我?"

"你为什么不回应我的问候?要知道,问候是上帝的祝福。"

姑娘什么话也没说,准备离开。

"等等,从前,在你和我哥哥订婚之前,你就喜欢我,你还记得你在泉边说过的话吗?"

"我是你哥哥的未婚妻,我是阿因卡奇的女儿,你同我没什么好说的。"

萨克想拉她的手,但女孩躲开了。

"难不成我真的是个坏人?……要是你知道的话……只要你一句话,我就将这把刀捅进我的心脏!我的爱像这把刀般坚固,而你的爱……则像树上的树枝,摇摆不定,从弟弟到哥哥,从萨克到阿科波斯。"

别尔丘伊任他牵着自己的手。他的声音令她心绪激动。她看到,一滴眼泪从他晒黑的脸颊滚落到他的胡子上。

"是谁让你去当监工的?"

"我这么做是为了你。"

"没用的,我是阿因卡奇的女儿。"

渐渐地,黄昏时分,他们恢复了过去的友谊,接着旧情复燃。后来萨克准备离开,但这次女孩没让他走。

"再陪我待一会儿。"

萨克留下来了。他们没有在那儿站很久,因为害怕被过路人注意到。毕竟他们对于阿因卡奇的女儿和烟草公司的监工待在一起会非常感兴趣。所以他们匆匆地分开了。

现在,他想着心爱姑娘的迷人模样,朝山上走去。如今她是哥哥的未婚妻。在这五分钟谈话中复燃的爱情,令他忧虑不安。

从远处看,他感觉,建在山坡上的城市房屋仿佛要滚落下去。渐渐地,他走入森林深处。树木唤醒了他记忆中幸福、快乐的日子,但它们庄严的寂静又使他感到压抑。银色的月光透过浓密的树叶,洒在绿意盎然、生满苔藓的地面上,宛如无数条笔直的发光树干,看上去好似两片相互交织的森林:一片是从地面上生长出来的,宛如深色卷发的森林,另一片是由天空照射下的无数光柱构成的森林,好似一把闪耀的梳子,为前者梳理着头发。

而他眼下正在行走的,这一系列交替着黑暗与光明,有形与无形的道路,正如同他混沌的生活。不久前他同别尔丘伊的见面是他最后的幸福时刻:在那之后他被无尽的黑暗笼罩着。哥哥的未婚妻,或许,明天就变成了妻子!……黑暗包裹着他,使他越发难受,因而他没有听到,或许是不想听到远处的森林深处传来的声音:"站住!"

他继续往前走,对黑暗中传来的命令完全不加理会。

接着再次响起尖锐、粗鲁的命令声:"站住!"

似乎是为了试图唤醒对危险依旧无动于衷的萨克,森林以沉厚、强大的声音再次重复了命令。接着传来了另一个,更加强有力的声音。萨克认出那是哥哥的声音:"开火!"

十支步枪齐声射击,火热的子弹在黑暗中呼啸而过。萨克愣在原地。他靠在一根树干上,疲惫地听着子弹呼啸而过,洒落在他的周围并感到庆幸。死吧!……难道他何时怕过死吗?

这些由他哥哥亲手射出的子弹,能给他一个解脱。死在他的手上——是多么地幸福!

"开火!"

阿因卡奇的命令再次响起,在黑暗的密林深处回响。

能遇到哥哥的子弹真是幸福……还有别尔丘伊!

接着,萨克胸部中弹,倒地身亡。

由于萨克在与阿因卡奇的战斗中不幸身亡,烟草公司每月会向萨克的家人发放一笔抚恤金。这笔抚恤金阿科波斯已经收到一年了,因为萨克去世不久后,他们的母亲也悲痛离世。

别尔丘伊穿着丧服,断然拒绝了所有的求婚者。她很久以前就把订婚戒指还给了阿科波斯,也不愿解释其中的缘由。

杰 兰

1

他身材高大，头发竖立，眼里布满血丝，威严的鹰钩鼻自眉毛而下，呈现出笔直、高贵的线条，但在半路好像突然变了主意，停了下来，弯曲起来，变成了一个长长的鹰钩鼻。似乎是为了突出鹰钩鼻主人阴郁、可怕的面部特征，他的胡子上布满了麻瘢留下的秃头斑点。

这就是我想象中的被指控谋杀两人的罪犯，一个需要我去伊兹密尔刑事法院为其辩护的人。

火车离开盖达尔-帕什，继续前进。我对到达边季克之前的一切都提不起兴趣，因为所有地方早就一清二楚。窗外一会儿闪现过耕种的田地，一会儿是浅色的玫瑰园，我们沿着海岸线继续疾驰，直抵伊兹密尔城。

十二月的暴风雪和严寒相伴来袭，窗外平静的绿色海面在翻涌，水面鼓起无数个泡沫，又一个接一个地破裂，仿佛伤口里冒出的脓泡。

左边是绵延不绝的高原，高原上到处开满了鲜花，花的颜色富于变化，浓密、厚重的地方粉色的鲜花呈现出紫色——悲伤的紫罗兰的颜色。

右边是隐约可见的海湾的海岸，起初是模糊不清的阴影，而后凝聚成清晰可见的山脉，山上的隘口、山谷和永远裸露的坡地错落有致地分布着。山脚下的村庄如放牧的牛群般蔓延开来。

这是我第一次去伊兹密尔。然而，无论是旅途本身，还是眼前的风景，都无法吸引我。不！一路上，我已经反复阅读了十多次官方文件，对案件的细节早已烂熟于心。没有一点儿希望。这是一场闻所未闻的罪行，铁证如山：开了两枪，死了两个人。射杀的子弹与被告手枪的口径完全一致。此外，检察官办公室的起诉书中援引的刑法典条款完全正确。这场血腥的悲剧笼罩着我，使我脑海中不断浮现出绞刑架的画面。

我为什么要去伊兹密尔？我在脑海中一遍遍地梳理着常用的辩护策略。否认被告有罪？毫无用处。用无刑事责任能力来解释犯罪？但已有的调查驳斥了这种可能。挑战刑法条款适用的正确性？但谋杀不属于那些会引起争议的罪行。谋杀就是谋杀。一切都明明白白。有一具尸体，就有一个凶手。有没有情有可原的情况？除非罪犯是警察！

对了，我忘了说，凶手是萨潘奇警署的小队长。我担心，为他辩护，会损坏我律师的名声。

火车以每小时30英里的速度载着我飞奔，奔向我即将面临的败诉。

关于我的败诉，伊兹密尔的居民会说些什么，我在心里暗暗地想。我仿佛听到他们说,瞧瞧吧,就是他,一个伊斯坦布尔的律师,在伊兹密尔输了他唯一的案子。我甚至能听到他们的讥笑声。他们也不听我的解释,笑得前仰后合。

"你知道吗,这个小伙子,可是伊斯坦布尔来的律师!"

我要怎么告诉照顾我的保姆哈吉·玛丽安,她一直对我的辩护能力评价极高。若是当我败诉,回到家后,她会怎样和她的朋友们说。

这意味着,我必须打破自己长久以来的优越感和自豪感。在她的理解中,我已经站到了律师行业的顶峰,如今却要因为这次可怜的败诉跌落神坛。我感到,想要逃避耻辱的强烈欲望正在体内悄无声息地渐渐复苏。

火车停下来了。伊兹密尔到了。车门开了。一个警察在月台上等我。他抓住我的旅行包,提了过去。我站在那儿,心里直打鼓,还在犹豫要不要跟着他走。正在此时,有人喊住了我,看来,回去已经不可能了。我注意到,月台上有位警局长官,正走过来接我。看得出,他很想救出他的下属。

我不情愿地下了车,低着头,跟在他们身后。

可我为什么来伊兹密尔呢?

2

我直接从火车站出发去监狱见我的当事人,行政大楼的右边部分就是监狱。

每个人都得知了我的到来。亚美尼亚人和切尔克斯人站在那里,仔细地打量着我,一个承诺营救伊兹密尔最大罪犯的家伙。他们难以置信地摇摇头,相互问道:"律师?"

监狱门口引发了一阵骚乱:所有的囚犯都想看看伊斯坦布尔来的律师,坚持要求我出现在他们面前。我不得不满足他们对我的兴趣,于是走了进去。

穿着破衣烂衫的不同年龄段的犯人们,目不转睛地从头到脚地审视着我,不知何故对我的外表比较满意。我博得了他们的好感,接着,问题从四面八方向我袭来。每个人都在讲述自己的不幸和担忧。这简直就是一个案件收藏馆,一个以活生生的画面呈现的刑法展览。我尽我所能地回答,不让他们失望。但我还没见到我的委托人。显然,工作人员正在解掉他的锁链。所以他才耽搁了。当再次喊到他的名字时,沉闷的监狱里响起长长的回声:"格兰久克[1]……格兰久克……"

旁边的人注意到我的困惑,笑着解释说,这是个奇怪的名字,这类切尔克斯名字在伊兹密尔地区经常能听到。

我的委托人终于出现了。他又瘦又小,脸色苍白,像女人一样细胳膊细腿的,还有着一双英国女人般的蓝色温柔眼睛,与我脑海中浮现的那个可怕的罪犯,完全是天壤之别!

他肩膀很宽,腰部很窄,腰上系着一条很细的皮带。他没有穿警服。神情温和而忧郁。看到他那张肺结核病人般毫无血色的脸,听着他干咳得一句整话都说不出来,医生肯定会毫不犹豫地为这个病人立即注射药物。他在讲述自己的犯罪经过时,表现出对命运的顺从:"这是上帝的意志!"

我再次欣赏地看向他的手,他的手指又细又长,令我实在无法

---

[1] 格兰久克,法语的意思为"大公"。

相信，这双手一下葬送了两条人命。

现在，当监狱长的办公室里只有我们俩时，他小声地继续陈述他的供词。

"纽什是个强盗。"他对我说。

"好的，那另一个呢？"

"另一个人我是误杀的，我没想杀他，命运啊！……"

"你凭什么认为，纽什是个强盗？而且，你的职责是逮捕他，不是杀了他。"

格兰久克没有回答我的反驳，稍稍沉默了会儿后，问道："我会怎么判？"

"不知道。"

"绞刑？"

"不，不，说什么呢！我不认为……"

"被判处苦役？"

"有可能。"

"那杰兰会怎样？"

"谁是杰兰？"

"纽什的妻子。"

"他妻子关你什么事？"

格兰久克惊讶地望着我，好像无法理解我不合时宜的严厉指责，显然，他觉得，我没有搞清楚这个问题的重要性。在两个小时的谈话中，我们不断回到这个主题。我们相互间的好感在迅速增长。

尽管房间里很昏暗，但我注意到，这个深受折磨的人苍白的脸上不时焕发出光彩。我听着他不幸的故事，高加索山民原始又纯贞的爱情故事。它无法与城里人千篇一律的庸俗欲望相提并论,它好似一座巨大的山峰,它的高度显示出城市的平坦与单调。

3

格兰久克和纽什一样,都是达吉斯坦人。他们在同一个村庄长大,小时候整天在一起漫山遍野地奔跑。然而,长大后,他们爱上了同一个女孩,成了不共戴天的敌人。后来他们迁居到土耳其,然后流亡,经历了无数的灾难,仿佛一条涨水的河流,将连根拔起的树木冲进自己的漩涡,冲走了整个民族的残骸。

格兰久克被这水流带到了伊兹密尔附近,成了奥斯曼土地上的流亡部落。但是关于自己家乡的记忆,还有山野居民的生活习惯,他们一直无法忘怀。

许多移民接受了奥斯曼政府的监管。但也有一些人,像野生动物一样,保留了游牧民族的生活方式,并开始袭击周边地区,烧杀劫掠。纽什是其中一个帮派的头目。他的名字令人生畏,如同一朵沉重的乌云悬在萨潘奇县居民的头上。

相反,格兰久克当了警察,由于他的兢兢业业和无私奉献,他很快被升为小队长。他通常负责最危险的行动——逮捕强盗并将其移送司法机关。

警察和强盗,二者之间,正上演着一场隐秘的较量。他们曾经亲如兄弟,而今不共戴天的仇恨驱使他们彼此争斗。过去让两人分道扬镳的裂缝,如今已好似一道深不见底的鸿沟,横在他们脚下。一切都是因为一个女人。多年来嫉妒和无望的爱情在不断地挖掘这道鸿沟,仿佛只有其中一人的死亡才能填满它。形势已经走投无路，你死我活的结局不可避免，不可能毫发无伤地从角斗场里走出去。

双方斗智斗勇，整夜潜伏在茂密的灌木丛中，手持武器，伺机等待。他们毫不掩饰对彼此的敌意和复仇的渴望，扬言一旦交锋，必取对方性命。除非子弹射中其中一人，否则这场决斗会一直持续。

势不两立的争斗没有停止，甚至火药味变得更浓。它无限期地拖延着，越来越折磨双方疲惫不堪的神经，他们相互追捕，不断围攻彼此，似乎一直活在死亡的边缘。

4

伊兹密尔刑事法院。

姑且就称它法院吧，如果这个词好听一些的话。事实上，这只是一间任何房子里都有的普普通通的小房间。法庭上坐着法庭成员，他们对面，由于凳子不够，检察官、被告、证人和公众只能拥挤地站着。

审判过程中出现了一些奇怪的名字，这是达吉斯坦的方言，然后进行翻译，场面一度混乱，而我则竭力利用这种混乱。

司法调查过程中，用通常的司法术语，简要、客观地陈述了案件的情节。

萨潘奇的警方事先知道纽什那天晚上会回到他的村庄。

早晨，到达村庄后，格兰久克带着几个骑警包围了藏匿强盗的小茅屋。步枪的射击声惊醒了周围的居民。一个人被误杀了，至于强盗本人，趁着随之而来的骚动，跳下窗户逃走了。但格兰久克在林子里成功截住了他，两人交起火来。

朗读起诉书的声音和切尔克斯人的声音充斥着整个房间，让我想到死亡。我的脑海中浮现出那片森林，这次它无法庇护逃跑的子民。势不两立的仇敌即将决一死战。这是历经了漫长而持久的等待之后的决战，是黑暗中的博弈，是灾祸的尾声。这场较量开始于高加索地区，在伊兹密尔打响，绵延了数十年，最后在一秒钟内结束，在一滴血中溶解和熄灭。就像很多世纪前文明时代的比武竞赛，常以简单粗暴的结局收场。两人上场，一人留下。

我的想法发生了惊人的转变。我信心十足，问心无愧地开始艰难的辩护。我平静地阐述，要求释放被告人。我说，杀死一个强盗，对社会来说，不是什么巨大的损失，而且，不幸的警察是遭遇了顽强的抵抗，只能被迫使用武器。如果他不开枪，他早就被杀了。我大胆地阐述了一个警察并不光彩且索然无味的生活。这个无名小卒，既没有上过战场，也没有得过军事荣誉，却时时刻刻处于致命的危险之中。他不眠不休地工作，甚至他自己的生命也不属于他。除了无利可图的差事带来的一切艰辛外，手脚被铐上铁链的他还必须在此证明，自己的所作所为只是服从职责。我觉得指控不能成立。检察官的论据一个接一个地被驳斥得灰飞烟灭。针对过失杀死第二个人的指控，我表示，八个月的羁押已经完全抵偿了警察的罪行。

我们走出法庭。里面在进行内部商议、争论、表达支持或反对的意见。格兰久克不时地左右轻轻摇头——他的脑袋会搬家吗？他可怜地望着我，仿佛一只注定要被宰杀的公羊。那眼神凝成一个问题，而我却无法回答。此刻我与他感同身受。我单独待在一个角落，忐忑不安地等待结果。

半小时过去了，但还没有结果。

而那里，法庭里面，声音越来越大，令我非常恐惧。求你了！别这样！可我在跟谁说话？

一个小时过去了，他们还在商议。突然，声音变小了。这意味着，达成了一致。那他们是怎么判的？

耳边响起了刺耳的、响亮的可怕铃声。我屏住呼吸。警察面无血色。所有人都涌入房间，他们没法再等了。

最终我也进来了。法官没有坐在自己的座位上，焦急地环顾四周，检查被告人是否在这里。这是个不好的迹象。

判决宣布，非常简短：只有短短四行，却能判定生死。第一句话我完全没听懂。我把头伸到前头，想快点儿听懂判决的意思——真是个不好的习惯。不过，快点儿啊，到底怎么判的？

自卫杀人！得救了！

我们欢呼着走出来。格兰久克默默地握着我的手哭泣。回到家，他将切尔克斯匕首从墙上取下来，送给我。

我该怎么处理这把匕首，这位与格兰久克出生入死、形影不离的朋友？在这里，在我的房间里，在一群安宁的东西中间，它注定要成为一个装饰品、一个玩具。匕首的真实生活结束了。

也许有一天，女人们会将它握在手中细细把玩，只是忙于生活琐事的可怜女人们，永远也无法理解，这块小铁片与爱情的血肉联系，无法参透它的奥义，也看不到这把冰冷无情的武器背后燃烧着热忱的守护者神圣而强烈的爱情火焰。

玩 笑

1

他急匆匆地走在街上,手里紧紧攥着一张卷起的乐谱,上面有一些简单的钢琴曲——他是一位音乐老师,正赶着去上下一节课。

他走在路上,对周围的一切几乎视而不见,只沉浸在自己的思绪中,自顾自地哼着什么。脸上怡然自得的笑容不断透露出他内心的愉悦。是的,谢费良的确是个快乐的人,这样的人很少见,怀疑论者们苦苦地搜寻,却从未遇见这样的人。

快乐?为什么不呢?他是个穷鞋匠的儿子,没有依靠任何人的帮助,而是自力更生,终于脱颖而出。他经历的那些艰难困苦,是公费生在所难免的旅程。平庸乏味的生活还不曾锈蚀他金子般高尚的心。

在他的眼中……难道他的目光曾在周围的真实世界中停留过吗?难道他曾有过片刻从脱离现实的云端走下来吗?难道谢费良的全部生活不都是幻觉吗?难道他的生活不就是爱情的喜悦、高尚的激情和美妙的音乐吗?

是的,这就是他对待生活的态度,而且他无怨无悔!谁能说清,为何他在公立中学接受了普通教育后会突然醉心于音乐?谁又知道,是怎样无形的线将他的灵魂与令人神魂颠倒的音乐联结在一起?

年少时的苦难并没有将他的内心变得冷酷,艺术的魔力令这个谦虚的年轻人面目一新,使他柔和的脸上仿佛呈现出一种近乎神圣的光晕。所以,有时候环绕着灌木丛的干枯细枝远比最艳丽多彩的花朵更能装饰它。

音乐宛如一位仙女,常化身为各种迷人的形象,令他心醉神迷。对他而言,音乐是天赐的甘露,堪比世上的一切美味佳肴。当他演奏时,他的脑海中会浮现出许多不食人间烟火的美妙女子,她们温柔迷人的微笑,使他立刻坠入爱河,发自内心地认为自己就是她们的情郎,并热切地将她们的一颦一笑铭记在心。于是,地下石窟的穹顶,在无数美妙的回音中,一遍遍地回荡着某人的脚步声。

人们可怜他、嘲笑他。还有比这个永远快乐的怪人更好的嘲讽对象吗?他不就是一个骄傲的乞丐,出于自尊,脸上永远装出快乐的表情吗?

渐渐地,嘲笑他的人变得无处不在,似乎他们决心要在这个可怜人身上玩些卑鄙的把戏。毕竟戏弄他没什么风险。不,这个不设心防、逆来顺受的人,似乎生来就是为了供人消遣。

2

他从未想过,自己会被嘲笑。他头脑简单,甚至有些目光短浅,相信一切最离奇、最不可思议的事情。碰巧有一天,他的一个女学生,扎鲁伊,赞扬了她老师的高尚品格。

这些直白空洞的赞美被他当成爱的告白,令他无法平静。他捕捉姑娘的每一个眼神,认准了她就是世上最可爱、最迷人的女人。生平第一次,他忘了音乐,开始犯错,弄混了升降音符。而且周围的人和物好似旋风般围着他旋转,在一片混乱中,只有扎鲁伊的美妙形象岿然不动。

谢费良心中大为震惊,他从佩拉回到家。周围的人不禁注意到他的激动,猜出了缘由,并打从心底里嘲笑这个可怜人——他怎么能仅仅因为一句话就坠入爱河?

爱情让人成为诗人。他彻夜未眠,独自在凄凉的单身公寓里写诗。谢费良的诗作被人们传阅,甚至还受到不少人的喜欢。这位钢琴家原来是一位伟大的创作者。他的爱情故事口口相传,家喻户晓,让人们开怀大笑。

"你们听说了吗?钢琴家谢费良爱上了扎鲁伊。"

"真的吗?"人们感到惊讶,笑得不能自已,"看来,这个穷小子是过够了苦日子。"

一些好事者想继续这场玩笑,让喜剧效果更强烈些。扎鲁伊的哥哥也参与了这个玩笑并散布消息说,他要保护这位年轻老师,恋人们的所有信件都将经过他的手。

就这样,谢费良的信纷至沓来,里面尽是些关于这场糊涂爱情的山盟海誓。这些信成了扎鲁伊的亲朋好友和左邻右舍每日的笑料,让他们感到非常快活。谢费良的朋友们插手了这件事,希望能阻止这个残酷的玩笑。他们对这位老师敲响警钟,试图打消他那些不切实际的幻想。

"别被骗了,谢费良!"

"不要胡思乱想!没人骗我!"他安慰道。

他打心底里相信,扎鲁伊爱他。朋友们的建议和劝告根本就是白费口舌。他谁的话都不想听。他们是嫉妒我的爱情,他这样想,谁说有钱人的女儿不能爱上穷小子?如果他们愿意,他可以把扎鲁伊写给他的所有信都读给他们听。笔迹?对,当然是她哥哥的笔迹。毕竟她不可能亲手给他写情书。不,她肯定只是口述给哥哥。你们不相信?那又怎样,与他有什么相干!他自己相信,这就够了。

过往的行人都停下脚步,望着谢费良,他沉浸在自己的思绪中,完全不理会周遭的一切,他从街上匆匆走过,脸上洋溢着快乐,仿佛正朝着幸福奔去。

3

终于有一天,扎鲁伊的哥哥厌倦了这场游戏。不自量力的教师到处宣扬他的爱意,并公开声明他有权娶扎鲁伊。爱嚼舌根的人到处都是,他们不断地往这个愚蠢的故事里添油加醋,姑娘也受到了牵连。事态发生了重大转变。然后,有人以最严厉、最侮辱人的方式告诉谢费良,他配不上扎鲁伊这样的姑娘,他应该在进行可笑的求婚之前,仔细考虑他和她的身份。

他变得执拗起来,比以前更加纠缠不休,最终被撵了出去。不,这家伙完全失去了理智,不知道自己在做什么。他竟一心想娶镇上最富有的新娘!

从那以后,他再也没能见到他的扎鲁伊了。此外,责备和侮辱纷纷落在这个可怜人身上。周围的所有人都努力向他解释，这件事只是个玩笑，是他爱人的哥哥为了取笑他而干的，扎鲁伊甚至都不知道信的存在。

朋友们又来劝说他放弃这段荒唐的爱情，这爱情有可能变成一种不治之症，令他痛苦不堪。但这一次，他们依旧无功而返。谢费良那颗天真而诚实的心想象不出这样的骗局，也无法相信自己会受到如此残酷、粗鲁的侮辱。这一切在他看来是不可思议的，与扎鲁伊善良的心灵也不相符。更何况还涉及爱情这种神圣的情感。

几年过去了，扎鲁伊没有结婚。这足以使这位不幸的教师心中的爱意燃烧得更为强烈。现在，不仅是熟人，甚至是陌生人，都试图用自己的方式向他解释这个已成为他人生中最不幸的错误，但都徒劳无功。有一种爱，好似夜的幻影，会在清晨的第一缕阳光下消散，而谢费良的爱却不同。他的心永远属于扎鲁伊，而且只属于她。

这个为了嘲笑而开始的残酷玩笑，如今，好似一个永远挥之不去的影子，无处不在地纠缠着他。

他在夜晚的街道上游荡，拖着脚步，弄出很大的声响。他的步伐仿佛拉动的小提琴琴弓，不断奏出悲戚的旋律。有时他会在一座宏伟庄园的某个窗前停下来，静静地聆听。透过窗帘，可以看到灯光，那是一束隐隐约约、忽明忽暗的光线——仿佛心怀不轨之人阴暗的内心。

这个房间里躺着生病的扎鲁伊。她疲惫消瘦的脸庞依旧那般可爱。

她得的不知是什么病，更像是由于长期的精神痛苦造成的。一想到他的老师在追求她，想到多年来她一直无法摆脱成为这个愚蠢又可笑的爱情故事的女主角，她就无比绝望。老师寸步不离地追随她，如同塔尔塔林忠实的骆驼一般，以其对主人无私而可笑的忠诚，陪伴他从非洲来到塔拉斯康。

她竭尽全力想让这个男人相信，她不爱他，也从未爱过他，但一切都是徒劳。被一个疯子爱上，这种极度的羞耻感，令她精神崩溃，多年来如同滴水穿石般，一点儿一点儿地摧毁了她的健康。她感到沮丧，害怕在人前露面，甚至渐渐地连生活本身也厌恶起来。扎鲁伊日渐憔悴，而那个被爱情的幻想支配的无知杀人犯，依旧在她家的窗前徘徊。

他感到心满意足——因为悄悄走近她的死亡再次证明了扎鲁伊爱他，多么令人信服的证据。当整个世界仿佛都密谋着证明扎鲁伊是一个冷酷无情的骗子时，她却为她伟大的爱情香消玉殒。

一想到这里，他衰老、憔悴的脸上顿时容光焕发。他对扎鲁伊的爱深信不疑，转悲为喜。他没法进入她的家中，只能一直在她的窗前来回踱步，仿佛做梦一般，他也不知道自己为何要这样做。

扎鲁伊死后，所有人都觉得，老师会万念俱灰，变成一个最不快乐的人，但他仍然保持着愚蠢的快乐。他无课可上，一贫如洗，声名狼藉。朋友们逐渐抛弃了他。衣服已经破旧不堪，他没有钱买新的。他租的小房间已经很久没交过租金了，房东威胁说要没收他的钢琴抵债，然后把他赶到街上。没收钢琴？这简直是胡说八道！他压根儿不信，甚至丝毫不怕。

他又漫无目的地在街上游荡，脸上仍然保持着幸福的神情，仿佛在兴奋地观赏一幅只有他一人才能看见的画作。

他的爱人因无法承受与他分离而悲痛离世，这使得他更加爱她。她用自己的死证明了，没有人在要他，信任她是对的。时光飞逝，谢费良逐渐老去。他心平气和地等着在另一个更美好的世界与扎鲁伊重逢。无所不能的死亡，试图抢走他的爱人，但终究拿他无可奈何。扎鲁伊永远与他同在。她的样子浮现在他的眼前。她向这个可怜的老师投去温柔、忧郁的目光，从此他记住了那一天。那个无法言喻、永生难忘的一天。

扎布霍

我们都没有见过那个人的脸,他是黑暗中的一个魔鬼。他真的存在吗,或者只是一个口口相传的神话,但最后他真的出现了,成为一个真实的存在?

村里人都在谈论一个叫扎布霍的小偷。他可不是那种一无是处的小偷,不会一溜烟就被抓住,沦为众人的笑柄,然后腐烂在监狱里,当然,他也不是一个亡命之徒。

他的优点在于灵巧:像空气一般缥缈,如灵魂一般无形,无影无踪,但又无处不在。无论是仔细锁好的门,还是高高耸立的墙,对他而言都形同虚设——他能渗入钥匙的孔、钻入高墙的缝,仿佛烟雾,又似空气。

他好像无所不知,他能听得到每一个字,哪怕上了七道锁他也能听清。他以难以置信的敏捷从为他设下的陷阱中逃脱,使头脑简单的追捕者们百思不得其解。

没人见过他的真面目,但据说(是谁说的,谁听到的,我很难说清),他很年轻,身材矮小,身体虚弱,学了门铁匠的手艺,精通钳工,尤其是在开锁方面。

现如今他过得像个业余的小偷，偷窃更多是为了追求刺激，而不是出于需要。只有盗窃最难接近的房子，让他的偷窃技巧名扬四海，扎布霍才会满足。要不是怕被当场抓获，他可是很愿意归还赃物的。

渐渐地，农民们似乎与扎布霍打成一片，全都习惯了他，当然不是心甘情愿的。这个居无定所的神秘人让人动了恻隐之心，我们好像都有些喜欢上他了。

扎布霍已经订婚了。也许你会感到惊讶？

不言而喻，他的订婚并非在教堂举行，当然就没有教会的神父为他祝福，也没有报纸进行报道。

简单地说，这对相爱的情侣在某个灌木丛里承诺永远相爱，只有星星为证。

我们都很熟悉瓦西里卡，那个干干瘦瘦、有着淡褐色头发的姑娘。她脸色红润，每周六晚上都会来我们这里的山上散步。

没人敢瞥她一眼，也没人敢追求她——仿佛她是国王的未婚妻！

仗着别人对不在场的新郎的恐惧，瓦西里卡大胆地四处游逛，新郎的震慑力对她而言再有利不过了。这种高高在上的感觉令她更加迷人，新郎的声望也转移到新娘身上：一个与扎布霍这样的年轻人结合的姑娘不可能是普通人，一个远离世俗的男人的新娘必非俗物。这就是为何每周六当这个洗衣妇的女儿带着公主般的骄傲和傲慢来我们这里散步时，她都会受到充满崇敬的赞赏。

瓦西里卡似乎对自己的命运很满意——有人暗中爱慕她，但永远不会被发现，也不会和她一起公开露面。

黑夜是真实的：瓦西里卡的生活在黑夜中开始，也在黑夜中结束。毕竟,她提心吊胆等待的新郎,只能在夜晚神秘而突然地现身。

人们常说:"我们活了多少天啊!"而她则说:"我们活了多少夜啊!"

瓦西里卡很快就对事情的进展感到不满。尽管她的爱人是为了讨她开心才到处行窃,但有一天她突然就不满足于这一切了。

由于没人关注,她这种偷偷摸摸的神秘幸福感在逐渐消失。想象一下,一颗注定要永远放在盒子里的珠宝,是一件你无法在众人面前炫耀的珠宝。

她所有的快乐,所有的财富,都是这样的珠宝。瓦西里卡生性喜欢炫耀,她不满足于内心的富足,因为它不能成为向外界炫耀的资本。有些人天生就是演员,他们无法满足于自己内心的感受,他们需要观众,而当观众变少时,生活对他们的吸引力就会大打折扣。

瓦西里卡就是这样。她发现自己所处的地位实际上并不受待见:街上的小伙子都害怕她的魅力。她试着反过来引诱他们,假装绵软无力,显摆她柔软的身子,但所有人都躲着她。

后来有一天,有个小伙儿向她求婚了。从那时起,小偷的爱便成了瓦西里卡无法承受的负担。她再也无法忍受整宿地等待他,无法忍受去花园或山上约会。见到扎布霍时,她痛苦地抱怨自己的命运,哭着埋怨他。情人手足无措:她为什么要哭?毕竟他一如往昔地爱着她。漂泊不定的生活让扎布霍失去了对于细节的感知力,甚至是推理能力。

"这一切能很快结束吗?"女孩大喊。

"结束?结束什么?"

扎布霍从来没有想过结束什么，相反，他希望这样的生活能够永远持续下去。

当时，由于不知道如何让这段好似比宗教婚姻更牢固的婚姻自愿结束，瓦西里卡采取了奸诈的手段：晚上她报了警，出卖了扎布霍。

石墙后面，坚固的铁栅栏里，对这个被捕的小偷而言，是漫长久远、毫无希望的日子。囚犯们早就不指望能够意外获救：现在，他们苦苦等待着刑期的结束，个个面色苍白，满脸皱纹，好似一朵朵巨大的蘑菇，在监狱墙角的阴影中徒劳地生长。

在这里，在这间石屋里，躺着各种地位、各种年龄的人。一道光从上方的一个狭窄缝隙倾泻下来，这是一道微弱而昏暗的光线，就像它日复一日照着的那些面孔一样。

这些面孔中就有扎布霍。这个小偷入狱之前早就名声在外。据说他不是什么大恶人，但是个机灵的滑头。所以他在这里一直受到监视：脚上有镣铐，周围是坚不可摧的墙壁。

他将在这里度过七年：进来时他还年轻，出去时却已年迈。他一心想着自己的爱人——那唯一他从未怀疑过其忠诚的人。瓦西里卡在哪里？她怎么样了？

尽管狱中监管森严，但他还是下定决心要逃跑。

有一次，扎布霍大胆翻越近十五米高的狱墙，但被抓住了；还有一次，他在烟囱里被抓到，而他已经在那里躲了两个晚上。

他受到了更严厉的监视，对扎布霍的惩罚不断，但没有什么能阻止他——他要逃出去看看他的瓦西里卡！

终于，一天夜里，他越狱成功了：从厨房的烟囱爬到屋顶后，扎布霍这次悄悄地越过了监狱的围栏。

这是过去三年中他第六次越狱，终于成功逃出。扎布霍鲁莽地再次回到村庄。这个足智多谋的小伙子丝毫没有怀疑爱人对他的爱是否纯洁。他认为自己的被捕是一个不幸的意外。他像过去一样坚信，有个女人随时准备迎接他。

他将再次看到爱人的脸。一想到她丰厚松软的头发，他就兴奋得浑身颤抖。

扎布霍小心翼翼地走近瓦西里卡的房子。当他靠在窗户上时，他听到了交谈声。是谁在那儿？他仔细地听着，简直不敢相信自己的耳朵。他悄悄爬进屋里，在角落里足足站了一个钟头，他心烦意乱。清醒过来后，他慢慢握住了腰间匕首的刀柄。扎布霍有生以来第一次决定杀人。他总是有意避免做这种决定，但不得不复仇。这个胆敢取代他的疯子是谁？瓦西里卡又是为了谁而忘记了他？

扎布霍打量了一眼对手，确信他比自己矮很多。

但是，屈服于心中泛起的蔑视，他松开了已经拔出半截的匕首。不，他们不值得他发怒！于是扎布霍悄悄地溜出了房间。

扎布霍整夜在街上徘徊。他现在能去哪儿？他无家可归，形单影只！他来之不易的自由毫无意义，反而成了他肩上的重担。

拂晓，扎布霍闷闷不乐地走向监狱。早上，一支巡逻队将他带走了。

笑　声

　　我无意隐瞒：当我走进这间屋子时，我的心脏开始狂跳。

　　我离开这间屋子已经十年之久，但久远的过去恍如昨日。曾经我只在这里住过两个月：那是我年少时最痛苦、最焦虑，但也最激动人心的时光。之后我离群索居，拒绝干扰，享受宁静。

　　一跨过熟悉的门槛，我突然感觉：我不再是一个胖乎乎、圆滚滚的矮子，生活的斗争在我的额上留下了深深的痕迹，仿佛疲惫的耕夫犁头上的沟壑，我还是从前的那个少年——匀称挺拔、骄傲自大、不屈不挠。浮士德之所以能重生，靠的不是恶魔的帮助，而是强大的记忆。

　　我悄无声息地走了进去：时间掘出的鸿沟已经消失了。

　　周围的一切，仿佛商量好了似的，令我想起过去。十年前住过的房间，里面一切如旧：被暗红色的天鹅绒包裹着的扶手椅，角落里的一架三角钢琴，上面散落着乐谱，还有墙上的那些画像和照片，但最漂亮的——是钢琴上方那张我熟悉的年轻女人的画像。

　　此刻真人就在我眼前。

　　她从窗边那把毫无变化的扶手椅上站起来，不慌不忙地朝我走来……

是她！

她的外貌似乎没有任何变化：黑色的双眸里依旧蕴藏着深邃、忧伤的目光，她的手仍然像极了孩子的手，只是手指更为优雅。

不过，她稍微变得丰满了些：这是时间的印记。她漆黑的秀发中，白色的银丝宛如黑夜里的闪电触目惊心。

她的脸已经褪去了玫瑰般的红润：面色如暗淡的象牙抑或苍白的蜡烛。

我清楚地记得那张严肃的脸：那张如雕塑般平静、严肃的脸，世上没有任何东西可以触动它。

她没有笑容，也没有笑声。她那张冷漠的脸上从来没有释放出一丝喜悦的光芒。

于是，我最初的印象和最初的幻想又复活了。这动人心魄的美是为谁准备的？这张严厉、不苟言笑的脸又是因为谁十年不改？

我真想冲着她大喊："扔掉这副冷漠的面具吧，求你了，对我笑一笑，哪怕一次也好，笑一笑吧，亲爱的！"

我们还没来得及说两句话，一个十六岁的姑娘就走了进来——她简直像个用光束和玫瑰编织的仙子。她微笑着友好地和我打招呼。

我不记得出于什么原因（或许是我说了什么诙谐好笑的话），这位女士平时不动声色的阴沉面庞竟动了起来，变得容光焕发，真是件怪事！她的脸上先是浮过一丝笑容，而后越发地喜笑颜开，这笑容仿佛从活跃的朝霞，逐渐变为晴朗、明媚的早晨。

这个女人现在多么美丽啊！很难相信，一个微笑竟能将她映照得如此迷人。它，这个微笑，依旧在蔓延和跳动，不知不觉变成了笑声。

上帝啊，第一次一个真实的、美得不可方物的女人出现在我面前！她在大笑，这意味着她很幸福！而我则因为她的幸福而感到幸福。

她笑得越来越大声，笑声震动了天花板，而我，这个曾经一心只想看到她笑的人，此刻却困窘地望着她：这样一个微不足道的理由何以使她笑得如此发狂？

想象一下，一个吝啬、贪婪的守财奴突然变成一个挥金如土的人，开始到处抛撒黄金。

尽管我很惊讶，但她还是哈哈大笑起来，笑得再也无法坐直，倒在了椅背上。

"哈哈哈！……"

这时，她的女儿脸上愁云满布，羞怯地走到我的面前。

"对不起，"她说，"我可怜的母亲在生病后，有时会连续笑上几个小时。这是一种神经性疾病……"

的确，那笑声，那笑声，响彻云霄，震耳欲聋，扭曲了美丽的脸庞，让房间里充满了不同寻常的苦涩喜悦。女儿跪在地上，攥着病人的手。

我在想，十年前，我期盼这个美人发出的也不是这种雷鸣般毫无意义的哈哈大笑声，而是那一闪而过、几乎无法察觉的微笑，它包含了所有的承诺与拒绝、所有的怀疑与肯定、所有的可能与不可能……

但最重要的是，我想到了这个女人怪异的命运：她曾经一笑难求，如今却徒劳地挥洒那珍宝一般的疯狂笑声，然而却无人愿意弓下腰来拾起它们……

塔莉拉

1

我叫他医生……

他是个瘦瘦高高的男人，与我同住在一间公寓里，正好租了我对门的房间。

他五十岁上下，但因患有心脏病这一致命的疾病，已经提前退休了。

他深知死亡在临近，但他的脸始终似大理石雕像般毫无表情。

在任意一个午后，都可以在柳克桑普尔斯基咖啡馆看到他。他经常坐在那里，靠着右边的墙，坐在一张天鹅绒软椅上，喝着一杯白兰地，全神贯注地阅读最新一期的《争议报》或《时报》[①]。医生从来不和人聊天，甚至连望一眼街道、行人以及这个充满活力和欢愉的世界的意愿都没有，仿佛一个沉浸在自己的内

[①]《争议报》或《时报》，是在伊斯坦布尔发行的法语报。

心世界的人。无疑,这个低调、孤僻的人有着特殊的内心世界,在那里有比与我们交往的更可靠、更诚实的人围绕着他。难道他不会对这种充满遐想的孤独感到厌倦吗?对于这种孤独,休利·普留多姆认为:"如果他们一直生活在自己的内心世界,这不是很好吗?"

似乎这个人只是厌倦了像他的同类那样生活,所以他避免结识新人,发生新的变化。

我性格直率,好奇心强,就像一个接待大厅,每个人都能进来,握握手、坐一坐,过会儿再匆匆离开。大厅里每分钟都有新的客人到来和离去,里面混杂着不同颜色、形状和气味的人。

他则像个小禅室,只有最亲密的人才能进入,这些人一劳永逸地占据着分配给他们的位置,重复着同样的话。对他而言,回忆如同珍宝一般,即使他闭着眼睛,也只有它们才能充盈和装饰这间小屋子。

2

三个月来,当我们每天在楼梯上遇见,或是在楼道里碰到彼此时,我们就相互鞠躬,仅此而已。

有一次,我咳得很厉害,请他过来看看。他很不情愿地答应了,来了之后,既没检查我的脉搏,也没看看我的舌头,更没有开任何药方,却参观了我的书房。

"都是小问题,吃药什么用处都没有。"他对我说,"疾病有自己的周期。"

真是奇怪的医生!

第二天他又来了。手里拿着一卷维克多·雨果的书。他没有问我的健康状况,就在我的床头坐下来,沉浸在阅读中。还有一次,他带着拉马丁的《吉伦特派的历史》就来了。

我很快就康复了,从此我们成了朋友。

他很孤独,是个完完全全的孤家寡人,在整个世上既没亲戚,也没朋友,也从来不需要他们。从医学院毕业后,他在世上游荡了二十年,去过很多地方,从雪山之巅到荒无人烟、烈日炙烤的沙漠,他都去过。

他向往着宁静的生活,没有用遥不可及的远大梦想来折磨自己的灵魂和心脏,而是像一个没有血统和种族的人一样,被顺从地派遣到某些地方。确切地说,他通常被派往美索不达米亚和叙利亚,对抗那里肆虐的瘟疫和霍乱。在与这些来势汹汹的疾病的斗争中,他被磨炼成了一个怀疑论者,他习惯了生活中的大风大浪,几乎对一切都漠不关心。习惯了流浪的他并不希望在某个地方永久地定居下来,也不渴望拥有一个熟悉和喜欢的人际圈子。他的心没有归处,而是在无尽的旅行中,散落了在世界各地。

他是个优秀的外科医生:那些比我更了解他的人都这样说,但我从未听说他做过任何外科手术,尽管他就在我们的街区行医,以一种懒散而冷漠的态度。

3

"医生,他们说,你是个优秀的外科医生。那么你为什么不运用你的知识呢?"我曾经问过他。

我们当时坐在柳克桑普尔斯基咖啡馆里——他坐在自己的老位

置上,我坐在他对面。

我的问题让他大吃一惊,我看到他往日平静的脸变得苍白,手中的白兰地酒杯已经在颤抖。

咖啡馆里除了我们俩,没有其他人。

"好吧。"他沉默了一会儿说,"如果你想听,我就告诉你,为什么我不再做外科医生。"

他迟疑了一会儿,似乎是为了整理思绪。他在椅子上调整了一个更舒服的姿势,挺直了瘦弱的驼背,然后讲起自己的故事:

我是医学院最优秀的毕业生之一。我所有的少年时光和大部分的青春岁月都在辛勤的工作中度过。科学是我唯一的爱好和激情。朋友们甚至嘲笑我这把年纪了还保持着奇怪的童真。

现在我能够理解人的性格和秉性,我明白自己以前太过天真和热情了,所以遇到的第一个女人理应能完全拿捏住我。我从来没有三心二意过。有些人可以左顾右盼,一会儿做做这个,一会儿又做做那个,还乐此不疲。就像好的香水既能让周围变得芳香,而自身亦不丧失香味。心理学家很了解这类人。任何事情,任何娱乐都能给他们带来快乐。他们不会将自己与任何人捆绑在一起,同时又将所有东西都视为己有。我向来不是这样的人。我在生活中最早遇到的就是科学,所以怀揣着那个年纪所有的激情和热忱来爱它。

我从医学院毕业时,只是个受过医学教育的人,仅此而已。当时,瘟疫在叙利亚肆虐。我被派往那里。我当时并不害怕死亡,其实现在也不害怕。医生和死亡不得不斗争时,总是亦敌亦友的关系。

在大马士革，我爱上了一个马罗尼特派①姑娘，那是一种热烈而忘我的爱。爱情赋予了我如盲人复明般的能力。这是爱情吗？那个姑娘叫塔莉拉，显然她很喜欢我。但警察的镀金制服和人行道上拖行的军刀显然比我更吸引她。她头脑简单，性格轻浮，没法进行任何严肃的谈话。但她总是开开心心的。我在自己的梦中将她想象得尽善尽美。我爱上了她的名字，爱上了她的一切，从她的头发到她漂亮的鞋子。

塔莉拉有着傲人的身高和纤细的腰肢。她波浪般的长发从雕花的镀金头饰下一缕缕散落下来。胸前如泡沫般轻柔的薄纱褶皱，好似被风吹起的小帆，在红色的外衣下清晰可见。她穿着黑色的丝绸灯笼裤。塔莉拉很清楚，自己是多么妩媚动人。她会唱歌，会弹乌塔②。在她脚边的沙发上度过的那几个小时，我仿佛在九霄云外无声地翱翔，使我心中留下梦幻般的回忆。

然而，那是多么善变的心和多么轻浮的头脑啊！

她温柔的目光，正如弗兰克·德·邦比南所说，宛如太阳的光芒，并不偏爱那些只靠她存活的人，而是普照众生。我的自尊心很强，又爱吃醋、又易怒，无法忍受这种事，非常生气。得知我发火的原因，她感到讶异，然后拉起我的手，试图劝说我不要恼怒。

"这有什么错呢？那么多人哪怕只听我说一句话，就都能很高兴！"

她就不能拒绝给予他们这种小恩小惠吗？

---

① 马罗尼特，指叙利亚和黎巴嫩地区特殊基督教的教区居民。
② 乌塔，一种东方的乐器。

"当你在街上遇到一个美丽的女人时,你会不看她吗?"她问我。

"不,从来不看。"我严肃地回答。

4

五年过去了。我在阿勒颇服兵役,有一天,我被叫到一个基督徒家庭做手术。在铺在地上的一张床上,我看到一个年轻的女人。

"医生……"她温柔地叫我。

是塔莉拉。

我走上前去,检查了病人。在她的胸部左侧,紧靠心脏的地方,有一个凸起的红色肿块,仿佛一只凶猛的鸟兽的头,扑在她白皙夺目的身体上。

"你打算怎么做,医生?"她哀求地问道。

"别害怕!"我安慰她说。但她不断地乞求,越来越痛苦。无关人员离开了房间。只有我和她的母亲留在床边。塔莉拉恐惧地问我:"我要死了吗,医生?"

"不,不,你很快就会好起来的。"她的母亲露出了塔莉拉的胸部,我用我的手术刀触碰了肿瘤。

"往旁边看。"我说。

"愿我能死在你的手里。"塔莉拉娇声说道。然后,刀子就落了下去……我的上帝,我做了什么?我的手做了什么?我一直能够控制的激动情绪,突然又重新笼罩着我。手术刀颤抖着,我又做了一个无法弥补的动作。我到现在都不明白,怎么会发生这种事?血液从被切断的动脉喷出,溅到我身上。我像个疯子一样跑出房间呼救,我这个业务熟练的外科医生成了一个无助的杀手。我试着止血,但一切都是徒劳。

"塔莉拉死在了我的手里,就像她在调情时希望的那样。"

罗　勒[①]

1

　　那时我喜欢蓬松浓密的卷发。我靠在离她不远的公园长凳上，目不转睛地望着她那披散在雪白后颈上的黑色秀发——它们充满了无声的魅力，牢牢地吸引住我的目光。

　　这样的秀发简直让我着迷！那不露声色的美是如此低调，又撩人心弦，令人沉醉。

　　我远远地欣赏着那一缕缕调皮的发丝，那卷发的弧度很是好看。

　　她突然转过身来，面朝着我，这完全出乎我的意料。显然，她不是个美人。可奇怪的是，她的样子却令我怦然心动。她那忧郁的眼神，仿佛具有一种魔力，能使目光所及之物皆被定格。

　　她盯着我看了很久。我觉得，她在用目光试探我、打量我，企

―――――――――
[①] 译者注：罗勒，一种生长在亚美尼亚的植物。

图理解我眼神中的讶异。显然,她对试探的结果很满意,因为她红扑扑的小脸蛋上闪过一丝笑容。她的脸上害羞地泛起红晕,仿佛西边晕开的慵懒晚霞,将整个天空染得通红。

2

我俩的内心都感受到一种不言而喻的亲近。和她一起的是些上了年纪的人,有她的父亲,还有一些人貌似是她的叔叔。此时的梅尔赫达尔花园人头攒动,当着父亲和其他人的面,众目睽睽之下,她不得不小心翼翼,没法经常回头看我。但每一次当她找到机会看向我这边时,我都在她脸上看到热切的急迫。

这个姑娘仿佛是我年少时的梦想,是我所有隐秘幻想的化身,她站在那里,就在不远处,散发着一种难以名状的美。

即使她不看我,不对我微笑——她没有必要这样做——我也会依然爱着她,关注她的一举一动,永远记得她。即使她冷漠得像一尊活的雕塑,也丝毫不能动摇我对她的爱意。不过我很高兴,因为我清楚地感觉到,这种令我心潮澎湃的感觉,对她而言也并非无动于衷。

她若有所思,心事重重地望向大海,在圆月铺洒的熠熠光辉之下,海面光滑如镜。在静谧的夏夜中,周围的树木仿佛都定格了。

我们忘情地沉醉在这似真似幻的氛围里。

3

午夜时分,散步的人陆续离开。月亮藏了起来。他们也站起身来。她朝我微微点头,示意我该告别了,这个动作只有我俩心领神会。

我远远跟在他们身后,送她离开,即使在黑暗中,我仍能辨认出她那一头迷人的卷发。

他们不慌不忙地走着,周围万籁俱寂。我听见她父亲的声音,那是一种严厉、独断、不容置疑的声音。

我很同情她。有这样一个暴君般的父亲,她的生活该有多么艰难!有些花儿长在大树下,被保护得很好,狂风吹不到,烈日晒不着;而另一些花则自由地生长在野外,遭受风吹雨打,烈日严寒,经受着危险,也享受着快乐。到底哪一种花更幸福呢?

我感觉,我的陌生女郎被她父亲的监护困住了,她脸上的怯懦说明了一切。她是谁?她住在哪儿?

最后,那些陌生人在一座新建的房子前停了下来,这座房子离教会学校不远。一个提着灯的侍女为他们打开门。我又往前走了几步,想最后看一眼那位姑娘。她的父亲是第一个进门的,其他人按照辈分紧随其后,她是最后一个进去的。我孤零零地站在离房子大约十步远的地方。然后我开始细细打量起这座房子。房子有些质朴、可爱,正面朝向库什一季利山,山上有溪水顺流而下。右边角落的房间里突然亮起了灯,我从街上已经能够看到她披散的长发。她在打开的窗前站了一会儿,欣赏着莫达伊湾的景色。

然后灯熄灭了,黑暗瞬间降临。

4

"你用手托着腮,在窗前幻想些什么?一阵微风拂过你的秀发,我看到发丝随风轻轻摇动。是不是在想念今晚遇到的那个青年?那个让你翘首以盼，终于与你萍水相逢，一见如故的陌生人！此刻这个青年就站在你的窗台下，也正思念着你！……"

后来，我一动不动地站累了，开始踱步，目不转睛地望着窗户。我在等她做什么呢？难道是等她跟我说句话，给个手势，好作为我们两情相悦的确凿证据吗？

黑暗中，我几乎看不清她的脸，尽管她的半边脸都被手挡住了，但我能清楚地看到她黑色的卷发。

她沉默不语，一动不动，好像在犹豫着要不要先开口。

而我，和她一样胆小，也保持着沉默，生怕惊扰了她的沉思。

周围渐渐变冷了。左右两边的街道上，可以听到守夜人的打更声。

她待在楼上沉思，宛如大理石雕塑一般纹丝不动；而我则站在楼下看她，也如石化一般，心中却感到幸福。地平线上闪烁的星星渐渐黯淡。夜色越来越明亮，越来越晴朗，远处，深蓝色的大海失去了先前的光泽，仿佛盖在一尊巨大的石棺上的黑纱。

万籁俱寂中，我仿佛进入了另一个世界，一个纯洁安宁的世界，那里除了我和这位陌生女郎，别无他人，整个宇宙都属于我俩。

公鸡已经打鸣，东方的天空微微泛白。浓密的秀发仍在窗前，微风拂来，柔软的秀发随风飘动。天空渐渐明亮起来——黎明到来了。

尽管我十分疲惫，但我并不后悔徒劳地等了一夜。毕竟她也等在窗前，像我一样无眠，像我一样沉思……

我又站了一小会儿，突然定睛一看，没有看到黑色的波浪卷发，只看到一小束罗勒。罗勒插在一个深红色的瓦罐里，在微风的吹拂下轻轻摇动。

竟然是这束罗勒等我到天明！

我怎么能没发现呢？我嘲笑自己的愚蠢，并为之感到愤怒……

5

从那晚起已经过去了很多年，直到现在我仍然感谢你，那束芬芳的罗勒。你是如此体贴和慷慨，让我高兴了一整晚！

你装成姑娘的模样来欺骗我……可我并不后悔自己曾经那样大方地向你的叶子吐露爱意和真心。

就让清晨到来吧，让太阳在我身边洒下无情的光芒。

对我而言，你永远是熟悉的陌生女郎那头浓密秀丽的卷发。

萨 拉

1

他们是谁?

是夫妻还是兄妹,我不知道。他们的皮肤白皙,五官精致,微红的卷发泛着金色的光泽。

他们坐在离我不远的轮船客舱里。年轻人竖起大衣的毛皮领子,那双深邃的眼睛漫无目的地望着窗外的海浪。他静静地坐着,对于朋友的提问只是摇摇头回应,目不转睛地望着大海,似乎完全被它吸引住了。

女人的外貌引人注目。蜜色的毛呢连衣裙完美衬托了她的肤色。她是一个高高瘦瘦的女人,腰肢纤细,胸部高耸,活像个随风摇动的帐篷。

她姿态高傲,跷着二郎腿,颇有男子气概。当一个姿势坐累了,她调整坐姿时,便能听到毛呢摩挲的簌簌声,仿佛裙子发出的动听音乐。

她全神贯注地坐着看书，偶尔翻翻书页。有时她停下来，对男人说几句话，或者给他看书中的某处，她总是笑意盈盈，显然是想让沉默不语的朋友高兴起来，驱散他眼底的忧愁。

这个高傲女人的关怀，好似一棵大树上开出的娇嫩花朵，令我心生钦佩，并再次感到疑惑："他们到底是谁？是夫妻还是兄妹？"

2

我在普林基波结识了他们。他们两个都来自富裕的犹太家庭。萨拉的丈夫，同时也是她的表哥。萨拉知道他生了病，但还是嫁给了他，她不认为这会阻碍婚姻幸福。"这到底有什么关系呢？毕竟每个人终有一死，不是今天就是明天。这有什么可悲伤的呢？"她的血管里流淌着西班牙女人的热血，在爱情问题上，她遵循了家族的利己哲学，这种哲学通过母亲的乳汁灌输给她。

他们结婚了而且很幸福。但他病得一天比一天厉害，病魔慢慢耗尽了他的力气，一点儿一点儿地吞噬着他的生命。

"珍惜你的丈夫，照顾好他。"亲朋好友们劝她。

但性格的缺陷使她难以听从这样的建议。这个女人面容高冷，表面上看对一切都漠不关心，但这与她强烈的情欲大相径庭。两年来，他们之间燃烧的熊熊欲火严重损害了丈夫的健康。他们盼望着气候的变化可以治愈他的疾病，至少起到改善的作用。她一直陪在病人身边，小心地照顾他，温柔体贴地关爱他，而他就像一个被放入了保温箱的早产婴儿。

然而，一旦他的病情稍有好转，他们就变得麻痹大意起来，再次像不可救药的败家子一样，挥霍掉手中的无价珍宝。紧跟着又陷入无限的悔恨与担忧之中，试图让病人再次恢复健康。

她的丈夫和我成了好朋友，我经常去他们家。他们在普拉塔纳定居，尽量远离寒冷的北方。病人半躺在一张宽大的扶手椅上，一直若有所思地望着窗外。他在想什么呢？我猜，他只是避免直视妻子的眼睛。他对她不满意吗？看到她忧心忡忡，他会怎么想？他是否有点儿像一个输得精光的赌徒，用颤抖的双手徒劳地摸索着空空如也的口袋？就好比桌前的座位，不久前他还是这个位置的幸运主人，现在这个位置上很快就要另有其主了吗？

如今我觉得这个可爱迷人的女人仿佛一座宏伟的宫殿，宫殿的主人要被迫离开并有先见之明地提前贴出了告示："房屋出售。"

3

在她众多的仰慕者中，我是最胆小的一个。在她身边，能看到许多大胆追求，甚至纠缠不休的年轻人，他们擅长巧妙地阿谀奉承。在这支企图征服她芳心的大军中，我是不起眼的后卫军。我不是一个值得重视的对手，没有人把我当回事。我没有什么长处来赢得这位非凡女性的青睐。我讨论的话题，一个忧郁的哲学家对生活的守望，毫无疑问激怒了萨拉，而我语无伦次的谈话——这是我思想凌乱的反映——也无法引起她的兴趣。

她身边从来不缺聪明机灵的人，他们在她面前滔滔不绝地倾吐着俏皮话，常常使高冷的女神莞尔一笑。

她总是和所有人说："我丈夫病了，我没心情……"

听到这句话时，我更加珍爱她了，因为我也真诚地爱着她生病的丈夫。他兼具诗人和艺术家的特质。他内在的高贵令人无法不尊敬他。看到这个年轻女人忠诚地爱着自己的丈夫，我默默地将她当作一个不可亵渎的人来敬重，我对她的爱已经变成了崇敬。我很高兴看到，她没有被身边的年轻人宠坏，这些人来到这里只是为了炫耀系得很漂亮的领带和洁白无瑕的衬衫，他们对这个病人毫不关心。

不，萨拉是一个道德高尚的女人。在这个世界上，她已经得到了、享受了她应得的，而且安分知足。她知道如何控制她的情感和身体。

她的道德形象在我眼里越高大，我就越爱慕她。通过她的脚步声，她手帕上的香水味，我就能远远地认出她。像一个老朋友一样，我对她所有的习惯和怪癖都了如指掌，细致入微。

当然，她比病人本人更惹人怜悯。当我看着这位年轻女子勇敢地将无限的情感像宝藏一般埋藏在心底，抑制住了青春的欲望和冲动时，我的心在滴血。

·

4

病人的病情每天都在恶化，而在我眼中萨拉的牺牲精神每天都在增加。现在她完全不离开病人的房间。我偶尔去探望他时，总看到她俯身贴近丈夫的床，以便让他的气息触及她的脸。这种世所罕见的忘我精神近乎疯狂。她无疑想与丈夫同生共死，共赴黄泉，就像他们在这个世界上一样，相互陪伴，而她宝藏一般无穷无尽的爱意，也只为他封存。

是的，这就是她的心愿！

有一回，我离开时，她送我到楼梯口。时机正好，于是我提醒她，小心伤了自己。

"胆小鬼！"她不客气地当面说道，"你年纪轻轻怎么如此怯懦？"

我恼羞成怒，脸色煞白。

"我只是担心你，"我说，"你可以确认，我不是那种因为害怕被感染而躲避病人的人。我一直都和你丈夫待在一起。要说你不离开他，这是你作为他妻子的责任，而我……"

"则爱着这位妻子。"她在我耳边低声说。

她牵起我的手，我弯腰亲吻着她的手指。

"不，"她说着便抽回了手，"你不能这样。"但她看着我悲伤的脸，显然是可怜我，做了一个神秘的手势，又说："以后吧！"

"那是什么时候？"

傍晚我又去了那里，心急如焚。

"以后！"她重复了她的承诺。

我不记得我们谈了些什么。我感觉自己仿佛在梦中，语无伦次地胡言乱语，不耐烦地等待着离别的到来。最后我站了起来。

"以后，以后。"与我告别时，萨拉再次说道。

从那时起，她多次用这个词来回答我，我开始觉得这句无休止的"以后"只是委婉的拒绝。

就这样，夏天过去了。我不再提醒她对我许下的承诺。她自己却从未忘记，而且每次她都轻声说着同一个词："以后！"

但什么时候呢？

5

　　弥留之际，病人仿佛沉睡在甜蜜的梦乡。死神慢慢走近，似乎用一束光照亮了他苍白的脸。他的头靠在枕头上，半闭着眼睛躺着，就像我四个月前在轮船上第一次见到他一样。他微红的胡子在晨光中泛着金光，这张凝滞的脸庞，似乎已经没有了生命的迹象。他死了……

　　我站在死者的床边，备受打击，垂头丧气，我生平第一次如此近距离地见证了死亡——平静、庄重，几乎有些诱人。它好似水平如镜的海面，其平静单调的表象下，是一片虚无。

　　我很平静。死者并没有让我感到害怕。我只是不明白，这个躺在床上的人，他现在是什么？他意味着什么？一个问题还是一个答案？泪水不知不觉充满了我的眼眶。萨拉站在我身边，但她没流一滴泪。她似乎连哭都哭不出来。她的悲伤如山崩般袭来，挡住了泪水的洪流。

　　她穿了一身黑色，衣服的颜色衬托出她蜡黄苍白的脸。她来到我身边，用带有香水味的手帕擦去我的泪水。

　　此时此刻，在死亡面前，我已经忘记了她的一切。她拉着我的手，像几个月前与我告别时那样。她眼里闪烁着奇怪的光芒，好像猫的眼睛。

　　她强行让我坐在她身边，提醒我曾经试图与她交往，然后她突然出乎意料地尖叫起来："就是现在！"

　　她的丈夫刚刚去世，就在这个躺着他尸体的房间里，她像一个经验老到的律师一样，开始向我阐述她对生命的看法，对责任的理解。

在她丈夫活着的时候，她一直对他忠贞不渝，从来不曾逃避她作为伴侣的责任，也没因为特殊的需求而违背自己的义务。难道她就不能再忍忍吗？

他的生命如同风中的残烛，随时都会熄灭。而她大概就是这么无情，等不到他消逝的那一刻。所以她每次都说"以后"。

她在为自己的行为辩白，仿佛在解一道算术题似的。

她的话里显然有一些逻辑，但毫无诚意。我不知道这是为什么，但在我看来，她的观点简直是荒谬绝伦、恬不知耻，尽管这些观点与大多数人的并不冲突。

我认为，那些不顾后果逃避责任的人，反倒比那些像萨拉一样，出于自私自利的算计，努力给自己戴上完美光环的人要好。

她在死者面前的倾诉，让我感到愤怒和恐惧。她像啼叫的公鸡一般，不合时宜、滔滔不绝地向我展示她的良心，而我拒绝了她的爱意。

兹玛拉赫达

我的朋友埃尔马相是一个英俊富有的年轻人。整个佩拉都在谈论他的风流韵事。轮到他发言时,他告诉了我们下面这件事:

——去年,我们家有一个希腊女佣,她是一个漂亮的姑娘,就住在我家里。

我们这条街上女佣多的是,但没有一个像她这么漂亮的。厨师、堂倌和杂货店老板都对她这样迷人的年轻女子梦寐以求。

在某个星期六的早晨,当她像往常一样赤着脚在我们家门口洗衣服时,过往的行人纷纷驻足观望。

当然,她的双腿很吃力,并不优雅,但非常匀称。晒得黝黑的皮肤似乎更突出了她淡粉色的脚趾。

当她弯下腰时,她浓密的头发分成两股从脖子上垂下来,仿佛流动的火焰一般。天蓝色的眼睛看起来有些害羞。也许这正是它们如此迷人的原因,好似一种令人陶醉的浓烈香味,使人难以自拔。

所有人都坚信她会爱上我,但他们错了。

兹玛拉赫达甚至不愿意朝我这边看一眼,对我的搭讪更是视若无睹。她沉默寡言，就像所有自信的人一样。

一天半夜，我在家门口看到她和另一个男人。我很想见见这个幸运儿，所以离得非常近，以便能在他溜走的时候撞上他。怎么回事？我的情敌竟然是一个肉铺上的小子，他二十来岁，并不帅气，浑身脏兮兮的，衣服上沾满了油污，浑身散发出一股肉和油脂的味道。

兹玛拉赫达一看到我就躲了起来，但我决心要弄清楚她怎么会爱上这个家伙。你们都知道，我热衷于研究女性的心理。女性的内在精神世界是一片神秘的、难以接近的极地，它小心翼翼地保守着秘密，比北极更难探索。

第二天，我将兹玛拉赫达叫到我的房间。显然，她以为我要给她派什么差事，就立刻过来了。我迫使她坐在我的对面，就像一个可以被我随意审判的罪犯。

她惊讶地看着我，显然是猜到了我这么做是因为昨晚那件事。

这时只剩我们两个人了，我对她说了下面这些话：

"听着，亲爱的，我当然不能要求你爱上我。人都各有所爱。但我想知道，你这样一个美丽的女孩，怎么会爱上我昨晚看到的那个穿得破破烂烂的家伙呢？"

兹玛拉赫达看着我，脸上胆怯的表情渐渐消失了。她轻蔑地几乎带着点儿挑衅意味回答道："你真是贪得无厌，和其他财主一样贪婪。为什么你想知道他吸引我的原因？在你看来，这很荒唐可笑，无法理解，但对我而言，我的感情是最珍贵、最神圣的。

"你为什么要追求我这样一个可怜的姑娘？你的女人还少吗？你以为我看不见你房间里那些情妇的照片吗？你把她们的照片放在同一本相册里，只不过这些女人都不知道彼此的存在罢了。无论是上流贵妇,还是卖身的姑娘,你要多少有多少,还有什么不满足的呢?

"不公的命运慷慨地让你享受到别人通过劳动才能换来的财富。而他只是个可怜的小伙子,去哪儿都穿着又破又脏的衣服,就像他不幸的人生一样,散发着肉铺的臭味。他不得不没日没夜地干活,将自己辛勤劳动挣来的微薄收入寄回老家赡养父母。这笔钱是他们唯一的生计,是唯一可以让他们微弱的生命继续燃烧的东西。他所有的收入也只够你一时的玩乐。这个农村小伙被迫远离家乡,来到城里工作,你怎么能体会他的感受?大城市的生活能给他什么乐趣?只有在我这儿,他才能找到缺失的东西——同情和爱意。不瞒你说,我成了他的女朋友,给这个孤独的年轻人带去了温暖。但他并没有偷走任何属于你的东西,没有偷走你的权利,你的快乐。上流社会的女士们对你青睐有加,去追求她们吧。我只是个农村姑娘,属于和我一样的农村小伙,而且只属于他一个人。"

兹玛拉赫达断断续续地说着,脸颊越来越红。最后一句话仿佛是从她心里迸出来的,她站了起来。真诚而愤怒的表情让她的脸看起来美得更真实了。她站在我面前,带着骄傲和无畏的神情,仿佛在挑战我。而比起所有话语,她挺起的胸膛更触动我。我被打败了,被羞辱得不知所措,心中有一个难以抑制的想法。我,一个可怜的、土生土长的城里人,一个软弱好说话的人,甚至没有试着反驳她,而是恭敬地向她鞠了躬,然后走近她,她粗暴地推开我的双手,仿佛它们是肮脏恶心的动物爪子,接着跑出了房间。

也许……

  我喜欢她的卷发，像火红的蛇一般交错缠绕，十分美丽；我也喜欢她年轻端庄的体态，行走时如弱柳扶风；但我最喜欢的还是她的眼睛，因为那双眼睛纯净而清澈。
  如果你专注地凝视女人的眼睛，就会觉得它们是打开的窗，但又深不可测：既晦涩难懂、出人意料，又天真无邪、纯朴善良。
  我在她的眼睛里看到了这一切，并被深深地吸引着。我看到了一种极致的、不加修饰的真诚，如此真实自然，仿佛是她灵魂的映照。
  你见过无风的海面吗？海面之下潜藏着愤怒和欢乐。那宛如蓝宝石般的海面，颜色瞬息万变，就像变幻莫测的大海本身一样。
  在波光粼粼的广阔海面上，有无数颗晶莹剔透的水滴汇聚在一起，每一滴都不会失去自己的光芒，它们是真正的钻石，比埋藏在山底的钻石还要纯净。
  我的阿尼克，她的心就是这样一颗钻石。
  她对我说的情话也是简单而不加修饰的。农家姑娘向来都是这么表达情感的。

"你是我的灵魂,是我的灵魂和我的生命,明白吗?"她的话既不连贯,也不复杂,就像是孩子说的。话语中没有华丽的辞藻,没有花哨的表达,就像她的爱意,平和但纯净。我觉得听她说话,宛如在听幼时学过的歌曲,倍感亲切。

但她的质朴中也不乏女性的娇媚。

有一次我想把自己的照片送给她,她拒绝了:"不,我只看你的照片是不够的,那不是真的你。"

她还用手指着她隆起的胸部,补充道:"你就在这儿,深藏在我的心里,别人都看不到,我心里只有你一个人,你完完全全属于我。明白吗?"

还有一次,她说:"你知道吗?我一听见门铃声,一听到你在楼梯上的脚步声,就知道你来了,高兴得浑身都在颤抖。"

我全心全意地爱着她。像她一样,我也可以马上察觉到她的靠近——我可以通过她身上残留的微弱香水味猜出她刚刚碰到了什么。

"你刚才坐在那儿?"进入大厅时,我指着一把椅子问她。

我没有说错,这让她很高兴。她笑了笑,羞红了脸。

然后,她从甜蜜的喜悦中回过神来,握住我的手,用满是悲伤忧虑的眼神看着我,仿佛要对我说:"答应我,永远不要忘记我!"

由于我疯狂追求其他女人——更多的是出于好奇而不是真正的激情——阿尼克和我分手了。一年后,我的好友奥尼克·恰姆强从伊兹密尔来到伊斯坦布尔,来为自己寻一个新娘。

是的,我和阿尼克分手了,但我仍然将她的样子铭记于心。在我心中,有一个秘密角落,属于这个独一无二的完美女孩。每当我目睹女人们浅显的小把戏和卖弄风骚的调情时,都会想起她的纯真和朴实，心里便能得到些许慰藉。我将阿尼克置于神坛之上，像崇拜女神一样崇拜她。

我和所有同龄的年轻人一样自信，想象着那颗纯洁真诚的心仍然对我充满爱意，尽管我们早已分道扬镳。我现在还记得，事情发生在一个星期六的早晨。

朋友来问我，是否知道他打算娶的女孩的情况。每个人都在称赞她，但他想在做出最终决定之前，听听我对她的看法。那个女孩就是阿尼克。

我无意隐瞒，当听到朋友的婚事时，我感到非常恼火。她要和别人结婚了，这意味着她已经把我给忘了，而我还以为，她还在为我们的分手而难过。

嫉妒深深地刺痛了我的心，我不禁表现出不满。朋友注意到我的神情，变得惊慌失措，难道我知道这个女孩的什么坏事？

我让他放心，告诉他，她又漂亮又聪明，品位很好，最难得的是她心地善良。至少，认识她的人都这样认为。我有时会见到她，但对她了解不多，只知道大家都一致称赞阿尼克。

"别人也是这么说的，"我的朋友说，"好吧，既然如此，事情就这么定了……你知道吗，你刚刚把我吓了一跳。我还以为和阿尼克结婚是错误的决定。要是没有其他疑虑，明天你就和我一起去见阿尼克的父母，宣布我的订婚。"

尽管我一再拒绝，用各种借口推辞，然而都是无用功。他是个固执的人。除非我同意，否则他会一直缠着我。

我没法摆脱他，那就这样吧。

明天我将宣布阿尼克的订婚……与另一个人的订婚！我的天哪，命运真是讽刺啊！

她的父母、亲戚和朋友齐聚一堂。订婚仪式非常隆重，我们两个年轻人却感到拘束。我的朋友没有家人，而我是这个世界上他最亲近的人。按照习俗，他作为接受祝福的人，应该保持沉默，而我有责任代表他发言，表示祝贺并说些传统的祝愿幸福的话。

　　茶点已经上齐。阿尼克还没有出现。我想象着，在最后一刻，当看到我在她的未婚夫身边时，她对我的旧爱会重新爆发，而且爱意会因为这段时间的分离而更加强烈。当着我的面，她不会有勇气同意嫁给另一个人。我想象着，第二天全城都在谈论这个前所未有的丑闻，又想着，她会走进房间，直接扑向我，当着所有人的面投入我的怀抱，喊着："我只属于你，不属于任何其他人！"我继续幻想着，她的父母会介入这件事，强行将我们分开，把她从我怀里抢走，像对待罪犯一样揪住她的头发，在地板上拖行，然后关进屋子。

　　我是多么后悔来到这里啊！

　　阿尼克来了。周围庄严的气氛丝毫没有让她感到难为情。我逐渐打消了顾虑，佩服起她的从容自若来。

　　她轻轻地恰如其分地点点头，向我们每个人打招呼，就像平时欢迎客人一样——不太热情，但也说不上冷淡。这个女孩的自制力多好啊！在她漂亮的脸上没有一丝沮丧或尴尬，既没有脸色苍白，也没有羞红了脸。

　　我感到惊讶，同时也很恼怒。我原本以为，我出现在仪式上会像晴天霹雳般令她大吃一惊，令她脸色苍白，激动得站都站不稳。每个人都会将她的惊吓归结于神经紧张和参加仪式过于激动，只有我知道真正的原因。但她若无其事的样子让我彻底不知所措。

　　半小时后，仪式结束了。我向在场的所有人表示美好的祝愿。

糖果和咖啡又被摆上了桌。每个人都很快活,像朋友一样谈笑风生。

我的朋友不喜欢浪费时间,他已经站在新娘旁边,笑着和她聊天。他们就在窗边,挨着墙角,看着我,低声说着什么。当然,他们是在谈论我。我多想听听他们在说些什么啊!阿尼克能瞒住她过去的爱情吗?奥尼克猜到了吗?他朝我点点头,示意我过去。我犹豫地走向他们,不知道该怎么办。

"阿尼克,"我的朋友对她说,"这是我的挚友,你们都来自波利斯,或许你们认识?"

阿尼克转过身来,背对着窗户,想更仔细地看看我,她微微眯起眼睛,似乎在努力回忆什么。她快速而专注的目光从我身上一掠而过。我一直盯着她的脸,可无法读出任何情绪,只能看到她真诚地努力着,想要回忆起什么。

是的,她努力集中精神想要记起我,她的眼神和过去一样坦诚天真。最后,她得出了某个结论,但显然对这个结论不是很确定,于是犹豫地回答:"也许,我在什么地方见过这位阿凡提[①]。"

---

① 译者注:阿凡提,指15至20世纪奥斯曼土耳其和一些东方国家的爵位、封号或尊号。

波 图 鲁[①]

1

隆重的授奖仪式结束后,扎鲁克——究竟是谁想出的这个野蛮名字!——在回家的路上既开心又疲惫,她腋下夹着一摞烫金书籍,沿着坑坑洼洼的山村小路走着,经过坐在门口织长袜的女人们和跑来跑去的光脚小孩时,她瞥了眼那些打量她的农妇,眼神里充满了骄傲和些许鄙视。

她一副凯旋的样子往家走去,走向村庄另一头的那间破旧小屋,这房子之所以迄今还没倒塌,多亏了紧挨它的邻家房屋撑着。

这位朝气蓬勃、乐观向上的十六岁少女,虽然生活在黑暗、肮脏的破屋之中,却犹如一朵盛放在垃圾堆上的玫瑰花。她毕业的愉快心情,与其一贫如洗的现状,是格格不入的。

[①] 译者注:波图鲁,指穿着肥大的毛纺灯笼裤的农民。

只要她一踏入家门，中学校长和督学们对她的称赞，还有依次领奖后经久不息的掌声，瞬间就会灰飞烟灭。那一大束祝贺的鲜花，仿佛已经为她打开了一条通往光明未来的道路，而那道路也霎时没了踪迹。

她的母亲卧病在床，四岁的弟弟穿得破破烂烂，他尖厉的哭喊声即便隔着一条街也能听见。他无休止的哭声好似在诉说着整个家庭的悲惨。

姑娘在母亲床前停留了会儿，向她展示奖励的精美书籍，然而，比起病恹恹的母亲，被所有人遗忘在地板上的小弟弟更对书本感兴趣。随后，她上楼走进自己的小房间，小心翼翼地将这本书和其他教科书一起收好，正是这些教科书帮助她顺利完成了中学学业。她希望这个期待已久的毕业能成为新生活的开端。

在她的想象中，她已经看见了自己的新生活并沉迷其中。早熟的思想发育唤起了姑娘炽烈的幻想，她几乎没注意到周围的现实情况。如今她是个文化人了。她母亲的愿望实现了。她的母亲曾在伊斯坦布尔当过很多年的女佣和乳母，喝着她奶水长大的其他姑娘，都成了有文化的小姐，于是母亲怀着虚荣的愿望，也想看见自己女儿和她们一样。所以她当即就将自己的全部积蓄交给了扎鲁克，后来她回到了自己的村庄，又不遗余力、不计牺牲地给予女儿只有村里的富家子弟才能得到的教育。她经常给女儿讲述伊斯坦布尔的亚美尼亚小姐们的奢侈享乐的生活，她描述得那样引人入胜，以至于扎鲁克一下就被迷得晕头转向。

在自己的同学中，扎鲁克被看作是万事通并很受尊重。毕竟她的母亲曾在伊斯坦布尔生活了那么久！

扎鲁克丝毫没有辜负学校对她的期待：每年考试她都是第一

名，在毕业典礼上她荣获了比富家姑娘们更多的赞誉和掌声。

母女俩心照不宣地希望，她们能获得比其他农民更多的财富。

那时扎鲁克正好有位女教师。她来自伊斯坦布尔，被姑娘们视为完美女性的典范。这个女人举手投足之间表现得宛如从天堂跌落罪恶人间的真正天使。住在农村，教一群农村姑娘被她当成一种惩罚。她不放过任何一个回忆故乡的机会，没什么能与那座城市媲美。而她面前只有乡村、村民和这座微不足道的乡村学校。

当扎鲁克升到毕业班时，她和女教师日渐亲密，还成为朋友。毕竟她们心中都潜藏着对生活的相同不满……

姑娘读过的大量书籍更是刺激了她的梦想，而最后一年的校园生活，她简直做起了白日梦。这是不可思议、难以忘怀、绝无仅有的一年！这一年里，有着丰富多彩、自由风尚和某些古怪癖好的遥远城市生活，犹如昏暗的乡村天空上的一道五颜六色的彩虹，不断地闪现在扎鲁克的眼前。

2

一大清早，农妇和姑娘们就提着水桶，拿着水罐聚到泉边，开始每日习以为常的取水工作和同样轻车熟路的闲话家常。

在泉边能打听到所有的事情和近期的八卦。这是一种独特的电报，能使消息从那里传遍全村。

伊斯库伊是村里最会搬弄是非的女人，她打过招呼，却没能成功挤到取水队伍的前头，只好宣布了最近的消息："知道吗，姑娘们，奥甘詹想娶扎鲁克！"

"奥甘詹？"

人群中响起轻微的嘈杂声，好似轻拂海面泛起涟漪的微风。从怀疑和诧异的惊呼声中能感受到她们的羡慕。

奥甘詹是一位身体健康、体格匀称的小伙子，吸引了所有拥有待嫁女儿的母亲的目光。

他那筋骨健硕的双腿是那样匀称挺拔，能使任何一个美人心生仰慕。他穿着土耳其灯笼裤，紧身的呢绒短外衣几乎要被他结实的胸膛撑得裂开。高个子男人们特有的摇晃步伐与他匀称的身材相得益彰。他确实是个帅气的小伙子。他头上歪斜地戴着一顶缠着薄纱巾的土耳其圆帽，帽檐上的长穗垂到肩上。刚冒出的黑色胡子仿佛细小的箭矢一般，早已俘获了不少人的心。

此外，他还有两头牛和一块相当大的地。即使干繁重的农活时，奥甘詹也总是穿着整洁。他天性有些粗鲁豪爽、忠厚老实，坦白说，他为自己的性格感到自豪。

他突然想娶这位有学问的姑娘。这门亲事出人意料地钻入他的脑海，就像小仲马借自己书中的一位主角之口所说的那样，他越是努力将她从心底赶走，她就越是牢固地扎根在他的心口。

毫无疑问的是，奥甘詹做出这个决定时，不是出于一个粗人想要在农村讨一个文化人做妻子的虚荣想法，而是因为他真挚地爱上了这位姑娘。但同时他也心满意足地想着，他的求婚会将扎鲁克从贫穷中解救出来，让她过上朴实却安稳的生活。在扎鲁克中学毕业大概半年后的某个风和日丽的日子里，奥甘詹不顾母亲的暗中阻挠，向姑娘求婚了。

但是这种家庭幸福的机会（根据泉边女人们的一致说法，这门亲事确实是极大的幸福）丝毫没能诱惑到扎鲁克。相反，她好像立刻如梦初醒。她，一个有学识的姑娘，却被要求和一个农民去过糟糕的夫妻生活，她还要打水、洗抹布，和丈夫一样劳作，也就是说，要耕田、播种、收割庄稼。她要为这种生活奉献自己的青春，而这就是等待她的一切。况且，这个向她求婚的人，还穿着农民的粗布麻衣，光这一点，在她看来，就抹消了奥甘詹的其他一切优点。

于是扎鲁克决定：宁可生活困顿，也绝不嫁给这个青年。她的亲戚们竭力劝说却只是徒劳，大司祭费尽口舌也是白忙活一场。任何劝说都无济于事。姑娘已经打定了主意。媒人一个接一个地无功而返。一位老媒婆稍做停留，想再试试让扎鲁克回心转意，哪怕能知道她拒绝的原因也好。

"我的姑娘啊，你为什么不想嫁给奥甘詹？"她问姑娘。

"我永远不会嫁给一个波图鲁。"

3

一年后扎鲁克嫁的那位青年确实不穿波图尔[①]。他从前在城里生活，后来谁也不知道他怎么就来到农村，并在这里的国立中学兼任了一段时间的主任和老师。这个年轻人像公鸡一样傲慢，他公开鄙视农民，而在扎鲁克眼中，这正是他渊博学问、贵族习气和高雅品位的体现。

他每个月能领到五百个库鲁什，就村里而言，这是笔相当体面的薪水，但无论如何，这份工资却比他那微不足道的功绩要高出许多倍。

[①] 译者注：波图尔，肥大的毛纺灯笼裤，一般是农民所穿。

教育的匮乏和真知的欠缺使此人成为一个典型的空谈者,这种人在农村教师中很常见。除此之外,他骄傲自负,又极其反复无常,他什么也不爱——这就是扎鲁克亲自挑选的丈夫。但他来自首都,并向妻子发誓,他会在一个美好的日子将她带到那里。

他们一次又一次重提旧话:"当我们去城里时……"

这个人很真诚,他几乎是第一百次向兴奋的扎鲁克讲述自己与她同返首都的计划。

他已经在农村教书好几年了,对城市的思念也是与日俱增。他没完没了地向扎鲁克讲述城里的事,还坦言,比起单调乏味的农村生活,他宁愿去首都过忍饥挨饿的苦日子。

他一谈起博斯普鲁斯海峡①和耸立在蜿蜒海岸的豪华宫殿,就颇为自豪,好像这些财富都属于他似的。这对夫妇忘记了生活的重担,一致决定搬到那里。他们天真大胆地想象着,在伊斯坦布尔有人正迫不及待地等着他们的到来,而学校的主任们也会争先恐后地开出高薪来争抢他。

他们就这样在农村生活着,并满怀信心地认为,留在这里只是暂时的,他们向城里寄了一封又一封求职信。没有人给他们回信。没有人需要一位农村老师的教学才能。但他们还年轻,无论如何,他们仍然心怀希望,毫不气馁地寄出了一封又一封新的信件。

过了不到一年,扎鲁克生下了一个孩子,很快又生了第二个。这位既是母亲又是女主人的年轻女人,被淹没在费力无功的繁忙家务中。她那迷人的美梦就像逃跑的阴影,仍然近在咫尺,却又遥不

---

① 译者注:博斯普鲁斯海峡,位于土耳其亚洲部分和欧洲部分之间,经纬度为东经29°,北纬41°。

可及。

他们已经结婚五年了。教区、教民和学校督学之间又一次爆发了争吵,扎鲁克的丈夫也因此失业。

他一无所有。新的督学掌了权,扎鲁克的丈夫与那些曾经雇用他的人成了死对头。他还是那样自尊自傲,不愿请求他们恢复他的职位。他更想扮演一个无辜遭难、满腹委屈且为了人民的福祉勤勤恳恳的受害者角色。这个白费力气的角色尽管让他的自尊心飘飘然,却无法为他挣得一个库鲁什。现在他无所事事地沿着乡村的街道闲逛,却依旧挂着那稍显蔑视的笑容看向农民。在他的内心深处,他还是希望能找到一份工作来养家糊口。

全村没有一个人对他伸出援助之手。从凡城来了一位新主任,他很快抨击起这位老师,想要彻底消灭败北之敌,不允许他重回学校。根据新主任的说法,扎鲁克的丈夫没有教学生任何东西。

"之前的老师既不关心学生们的才智,也不关心他们的心灵。"他对遇见的每个人都这样说。

这位新主任装出一副经验丰富的教育家的样子,对心理学高谈阔论,言辞间蛊惑着教民,并无休止地重复弗洛伊德和裴斯泰洛齐①的名字。

"你们从伊斯坦布尔来的老师白白浪费了可怜的孩子们的时间。他净让孩子们背诵些没用的名字,而不是与他们展开心灵的交流!"

得知此事,被开除的老师失去了最后的希望。深陷债务的泥潭

---

① 译者注:约翰·亨里希·裴斯泰洛奇(1746—1827),瑞士教育家,强调德育,情感教育,尤其是爱的教育。

后，他很快耗尽了最后一点儿食物。与恐惧相伴而来的贫困越发地折磨着他的家庭。

起初他卖掉了自己的字典，后来把妻子曾经当作嘉奖的烫金书籍也卖掉了，这些书在艰难的岁月里重见天日，为她换了些切实可见的好处。

4

当我因某个司法案件而暂留这个村庄时，老师的家庭已经只能靠邻居们的接济度日了。

病重的老师无法从床上起身，于是我去看望了他。这个可怜人还不到三十岁，却已经头发斑白。一双曾经炯炯有神的眼睛深深地塌陷进去。凹陷的双颊苍白得如死人一般。家门口有两个孩子在玩耍，这是两个穿着短裤的小波图鲁，他们有着契合年龄的无忧无虑，令人心生羡慕。

他们的母亲穿着褪色的印花连衣裙，戴着寡妇常戴的黑色旧头纱，头纱下蓬松的长发从前额垂至腰间。

她用纯正的亚美尼亚语开口跟我说话，有种想令我惊喜的单纯、卖弄的想法。向我讲述了他们艰难的处境后，她承认，从结婚的第一天起，她就没过过安宁的日子。

由于营养不良和精神焦虑导致的疾病正在日渐夺去老师最后的生命力，命中注定的结局已经为期不远。

他在我到达后的第八天去世。对他而言，死亡是一种解脱，是苦难的终点。他短暂的一生在赤贫中度过，他的葬礼也同样寒酸。我和他们同村来自城里的三个人一起送殡至离他家不远的墓地。村民中来了五个人参加葬礼,其中就有奥甘詹,我和他正是在那天认识的。

他似乎是个谦逊腼腆的人,为胆敢和我开口讲话而道歉。

"我们是没文化的粗人,"他说,"只配穿波图尔和单布鞋。"

他的话与其说是自嘲,不如说是隐隐的抗议。这令我很感兴趣。我们很快就交上朋友,在回家的路上他邀请我顺道去看看他那四面都被桑树园环绕的作坊。这个作坊给他带来了一笔可观的收入。

他向我展示了周围遍野的田地,告诉我它们将带来怎样的收成,而最重要的是,他骄傲地跟我说,这些全是他的财产。

"我以前是个庄稼汉。"他补充道。

我称赞了他的成功,特别是奥甘詹亲手造就了一切。

晚上他邀请我吃饭。我表示感谢并婉拒了他,但他紧紧抓住我大衣的翻领,坚决请我不要拒绝他。我没法辜负这样的盛情美意,尤其是奥甘詹还给我留下了朴实高尚的印象。

他的房子是村里最好的房子之一。房子建于去年,正面朝着通往海岸的道路。这座宽敞的房屋里住着他和母亲,他母亲看上去比实际年龄更加精神矍铄,是个真正节俭的模范女主人。

"欢迎光临,"她对我说,"我的奥甘詹很好客,欢迎您。"

畅谈了一会儿,我问她,为何家里到现在没个儿媳。

"问奥甘詹吧。"女人回答。

我还什么都没明白,谈话就转向了其他话题,他们给我讲了各种各样的故事,有古老的,也有最近的。吃完饭邻居们聚在一起,我们一直开心地玩到半夜。直到深夜我才回到自己的住处,回到另一户主人家,我来村里时好多次都暂住在他家。

第二天早上，我就得知了奥甘詹惨遭拒绝的爱情故事，这也是他至今未娶的原因。

5

两年后我们这里来了一个出自这个村庄的女仆。我开始问她，农民们在做些什么？丝绸仍然好赚钱吗？村里最有影响力的人物哈吉·卡拉佩特和奥甘詹阿哈有没有过上幸福的日子？

听到后一个名字，女仆笑了。

"奥甘詹阿哈结婚了，"她回答我，"一个月前他娶了一名寡妇为妻。"

"寡妇？"我问道。

"是啊，她是老师的妻子，叫扎鲁克，奥甘詹阿哈从前就想娶她。看到了吧，我的先生，这就是命中注定啊。"

她三言两语给我讲了讲村里人尽皆知的事情。

"从前她不想嫁给他，因为他是个波图鲁。确实，这位优秀的小伙子那时不甚富有。而她曾是个有学问的人，闹着玩似的去上学。她自然不会喜欢他。第一任丈夫没能给她幸福。扎鲁克曾经美丽动人，但在穷困潦倒中却不复美貌。你要是现在看看她，那身段可是一等一地妙，头发像海洋一样，脸蛋如月亮一般，活脱脱就是个天使啊。"她像个聪明的农妇那样，以有些淳朴却相当合理的话语结束了谈话："看到了吧，先生，我们农村毕竟不是城市，我们那里的女人穿着灯笼裤，而我们的男人得穿波图尔。"

幸福的死法

1

瓦加尼扬是一位非凡的医生。他不仅对生理疾病饶有兴趣，对心理疾病也是兴致勃勃——或许后者更甚。是的，他是一位极好的医生。他心胸开阔，学识渊博，聪明睿智。他的思想不拘泥于条条框框，也没有因为日复一日地问诊同一拨病人而稍显迟钝。他的行医经验和技术如同一片生意盎然的青翠平原，而不是寸草不生的礁石。

这位医生已经年近六十。尽管他身体虚弱，头发灰白，但他非常活泼开朗，朝气蓬勃。

在与死亡搏斗的四十年里，他似乎已经与它成了朋友，摸清了这个狡诈强敌的阴谋诡计，它有时会出其不意地给出致命一击，有时又会等上数年才会出招。

他的话语充满真知灼见，令人获益匪浅。丰富的个人经验和回忆使得医生讲的故事格外引人入胜。

一天晚上，我们在他加季久赫的乡间别墅聚会。谈话间偶然涉及一个非常有趣的问题：从医学和心理学角度而言，在成千上万种死亡方式中，哪一种方式最为轻松？一时间众说纷纭。一个健康开朗的姑娘，在读过拉斐尔的书后，一门心思地想要变得又白又瘦。她说，因患上痨病而日渐消瘦，这是最轻松的死亡方式。而在另一位年轻人看来，用左轮手枪的子弹来做个了结要好得多。第三位谈话者则坚信，死在大海深处是最轻松的。另外，还有两个人支持死于麻醉品。

所有自然和人为的死亡方式都被大家一一评判，但每一种死法都有其积极和消极的一面。

医生一言不发地听着我们的谈话。争论持续了很长时间，但远远没有达成一致。

"我曾见过最愉快的死法，"医生打断我们，"但我不能确定，每个人都能这样结束生命。在我见过的千万次死亡中，这是唯一一次我敢说，它不仅是最轻松的，而且是真正让人愉悦的死亡。"

看到他要给我们讲故事，我们像听话的孩子一样马上安静下来，静静等待。

2

医生开始说起故事：

那已是十多年前的事了。谢肉节的时候，我的邻居家办了个聚会。夫人……说出她的名字没有必要，不是吗？当时她已经四十岁了，但看上去还不到三十五岁。她是那种备受异性青睐的女人。现在我们这里这样的女人越来越少，或许很快会完全消失。对于针对她的谣言，她总是笑得最早、笑得最欢的那个。她不是那种假装道德高尚、会虚情假意地脸红的女人。她从头到脚每个细胞都是大胆、果敢的。

"只有那些胸部难看的女人才会反对露胸的衣服。"她笑着说。她穿着深领的束胸衣，毫不羞涩地展示出自己那波涛汹涌的胸部。

这个女人的丈夫老得可以做她的父亲了，对她非常纵容。她被一群最英俊、最有才华的男人围绕着。他们像蝴蝶一样盘旋在她周围，有时会被她灼热的光晕灼伤，甚至灼死。

关于这个女人，并不是每个人都对她怀有好感：有人羡慕她，有人诋毁她。

而她勇敢而自信，宛如太阳一般，在她的光辉下，其他女人的故作娇羞和畏畏缩缩的浪荡更加无处遁形。

尽管如此，女人们从不避讳去她家参加聚会，因为那里总是有最欢快和最机智俏皮的一伙人等着她们。

我偶尔会被邀请到这所房子里给这位夫人做检查，她有时会发生一些类似晕倒的状况。第一次检查时，我发现了她有心脏病的征兆，但我不想让病人难过，只是提醒了她。

"没什么大问题，只是普通的神经衰弱。"我对她说，"最要紧的，是让生活清静些！"

这就是我给她开的全部处方，但她能听我的吗？

有一次我非常生气。

"夫人，"我说，"我不打算再做无用功。您不遵从我的建议。

我想下次没有必要再叫我过来。您还是另请高明吧。"

病人立刻明白了我的意思。她是个聪明、机智的女人,用甜美、温柔的声音向我道歉,听到这声音,即使最铁石心肠的人也难以抗拒。

"我这样要求是为了您的健康。您以往的生活方式违背了所有的医学准则,您会因此毁了自己,我没法冷眼旁观。我不得不禁止您继续这样生活。"

她笑着说:"亲爱的医生,那岂不是多活一天,就要多遭一天罪吗?"

我已经准备离开,但她拉住我的手,让我在她身边坐下,继续说道:"你们医生总是试图延长人的生命,但不要想着延长女人的生命,因为您无法避免她们的凋零,无法保全这些可怜人的青春与貌美。当一个女人变成白发苍苍、满脸皱纹、肉体松弛的老太婆,无论她活得是长是短,都没什么意义了。您能让一个女人青春永驻吗?不能吧?那就允许她死吧。"

她忠于自己的使命,履行了自己的职责。何必强迫一个失声的歌手留在舞台上,任由他被喝倒彩、被嘲笑呢?女人本就该笑着,不必将这笑容变成眼泪。

她的病情恶化了,常常感到呼吸困难,但她依旧对我的建议置若罔闻,继续不加节制地寻欢作乐。关于女人的角色和天职,她有一种奇怪的观念,但也许她才是正确的。她狂热而大胆地与周围人分享她与生俱来的魅力。她给很多人带来了希望和欢乐,但她自己却不需要它们,就好比售卖紫罗兰的小贩科别:售卖的是春天,自己却死在了冬天。

3

晚会正在如火如荼地进行。这里美女如云,也多得是青年才俊。在这弥漫着心照不宣的欲望氛围中,最妩媚动人、华冠丽服的非女主人莫属。

"看看她,一刻也不离开她的情人。这个女人真是肆无忌惮。"女士们相互扯着闲话。

她们说的这位年轻人又白又瘦。女人们就差为他打起来了。他广为流传的动荡人生使其颇受女性的青睐。他在各个方面都与众不同,他的每件东西都有独特的印记。他精致的黑色胡子下总潜藏着一种难以捉摸的轻蔑冷笑。短短的睫毛下,一双眼睛露出疲态,看得出他在漫漫长夜中有过美妙的经历。他热衷于追求功名,比起繁重的科学研究带给其他人的负担,这个过早萎靡的年轻人心中无法抑制的优越感则更为沉重。

他很聪明且品位出众。在欧洲学习了几年法律后,他费了很大劲才获得了文凭,但也尝到了生活的艰辛,于是选择回国。他在被俊男美女包围的贵族沙龙里花的时间,比在教室里花的时间还多。他大手大脚,挥霍无度。回乡后他既没有成为法官,也没有成为律师,于是真诚而勇敢地承认了自己的平庸。

他身上的一切都讨人喜欢,近乎随和,无论是声音,还是动作。但这种随和之下隐藏的是一个自信之人,更确切地说,是意识到自身优越性的人的从容淡定。

他不追求少女。他见多识广,对待少女几乎如父亲一般——在他眼中,她们只是孩子。扰乱少女纯洁的灵魂,对他来说,无异于向低级的欲望屈服，是卑劣的行为。是的，这个沉迷享乐的人在对待自己的生活方式上有着如此奇怪、令人费解的美德。

他追求的是做一个经过战斗攻下要塞的情人，而不是潜入一个梦想着纯洁爱情的小姑娘的内心。这种阴险的伎俩不是他想要的。

如果传闻可信的话，他已经和夫人亲密接触一年多了，每个人，连同那些造谣生事的人都承认，这两人都有着与众不同的性情，简直就是天生一对。

大家都在跳舞。男人们带着不可抗拒的欲望来到这里，女人则做好了臣服的准备。所有这一切呈现在眼前的就是一对对不停放肆拥抱和轻轻摆动的人。

当华尔兹的音乐响起，夫人再次与自己的情人翩翩起舞，整个晚上他都追寻着她的脚步。这对情人是所有舞者中最为优雅的。我们赞赏地看着他们。这简直不是舞蹈，而是一种摄人心魂的艺术：仿佛梦幻般的翱翔，令人心醉神迷。

其他人很快就停止跳舞，站成一圈，欣赏着他们的舞蹈。客人们热切的目光中也流露出不少嫉妒。

突然间，夫人好像被绊了一下，差点儿摔倒，年轻人好不容易才抱住她。所有人都以为，她只是摔倒了。但她的情况要严重得多：她晕过去了。

"医生，快来！"年轻人大喊道。

我闻声立刻赶过去，然后我们两个将她放在沙发上。她艰难地睁开眼睛。我立即看出这是心脏病发作了。可现场一阵骚乱，完全找不到药。我们要求不相干的人离开，于是客人们纷纷散去。楼梯上最后的脚步声尚未平息，她就死了。她死在爱人的怀中，完全出乎意料，仿佛一只突然被箭射中的鸟。我甚至来不及给她做任何急救措施。她生命中的所有欢乐仿佛都汇聚到这一刻,而她就在此刻离开了人世。

你们能想到另一种更幸福的死法吗?她不必忍受疾病的痛苦,衰老也没有夺走她的美貌。直到最后一刻她仍是那个被顶礼膜拜的女人,她也当得起这样的崇拜。她在爱人的怀抱中迎来死亡,就像节日宴会上的杯盏,即便摔碎了,也是在人们表达美好祝福的时候碎的,而不是在厨房的某个角落,被仆人用脏水清洗的时候打碎的。这个女人是在她最幸福的时候离开的。

好 名 声

1

格沃尔基扬·尼科戈斯阿哈是一名珠宝商，事业发展得顺风顺水。他五十岁上下，但仍是个单身汉，因为他希望先将她的姐姐别姆佩和涅克塔尔嫁出去。人们多次劝他成家，但他不想打破这个习俗：一个弟弟只有在他所有的姐姐都出嫁之后才能结婚。他严格遵守习俗和教规，并坚信其神圣性和必要性。

尼科戈斯阿哈的弟弟，不如他哥哥实诚，成了家，但很快不幸就降临到他身上。几年间，他先是失去了全部财产，而后又死于心肌梗死，留下一个寡妇和一个年幼的儿子由尼科戈斯阿哈照顾。

在这悲惨的结局中，尼科戈斯首先看到的是上帝的警告。父亲格沃尔克阿哈那严厉的性情，整个街区无人不晓，从小就教他服从。

当他拿不定主意时，他总是会询问父亲并立即遵循他的意思，无论他给出的是什么答案。即使父亲要求他杀人，他也会毫不犹豫地照做。

父亲被埋在地下已经十来年了，尽管如此，他仍然无形地主宰着自己的儿子，并在每一个问题上给出自己的建议，更确切地说，是命令，令尼科戈斯阿哈无条件地服从。他没有任何自主意识，舒适地藏在别人的指令后面并以此来为自己的行为辩白。他自以为洞悉了生活的秘密，可以无忧无虑、问心无愧。

加特久赫区域的居民人人都很尊重他。他的房子是由手艺人建的典型旧式住宅。客厅的沙发从左边墙壁一直延伸到右边墙壁，形成一个宽大的半圆形。沙发的面料、上面的靠枕以及悬挂的窗帘都出自同一种布料。家里的一切都被收拾得既干净又整洁。客厅左侧靠墙放着一张办公桌，上面有一个很大的圆形古董钟，钟已经停摆很久了。磨损的表盘仿佛一只不眠的眼睛，就像已故的格沃尔克阿哈的眼睛。两侧的玻璃灯罩下放着破旧的人造花制成的装饰品和一大瓶水，精致的小杯碟上还放着两个杯子。

每天晚上，尼科戈斯阿哈都会坐在他最喜欢的角落里，听着他的姐姐们从洗衣工马里亚姆那里得来的每日新闻，马里亚姆去过村里很多人家，因此没有人比她的消息更加灵通了。

"你知道吗，尼科戈斯阿哈，波亚占家的女儿要结婚了？"

每次谈话都是从某人结婚的消息开始，涅克塔尔哈努姆带着明显的怨恨向她的兄弟报告了这个消息，似乎想要发泄她漫长待嫁岁月里的所有不公。

当谈话转向新郎和新娘的年龄时，立刻引发了激烈的争论。

"我曾经也是个小姑娘，"涅克塔尔用手在地板上比画了一下身高，"和她现在差不多大。"

听到这个尼科戈斯阿哈再也忍不住了。

"你疯了吗？涅克塔尔哈努姆……她是个小女孩，还不到二十岁……"

老处女发起脾气，并让别姆佩哈努姆为她做证。

谈话通常会在此处中断，沉默一会儿后，会再次恢复。

"恩沙尼克与他的爱人分手了，事实上，他支付了大部分的家庭开支和她所有的衣服费用。"涅克塔尔哈努姆满意地叹了一口气，继续说道，"现在真相大白了，之前我怎么都弄不明白，这个女人哪里搞的钱买那么多漂亮衣服。"

涅克塔尔哈努姆就这样东家长西家短，喋喋不休地讲述着村里人的事，她尖酸刻薄的嘴巴谁都不放过，人人有份。这样的谈话每天都在进行，一直持续到凌晨四点，之后每个人都回到自己房间。

2

尼科戈斯阿哈没去过佩拉，但多年来，他每周都会离家一次，去外面的某个地方度过一整夜。这就是他人生的全部秘密。

当他第一次去街市赚钱时，他才刚满二十岁。那年夏天他们有了新邻居。新来的家庭由一位寡妇母亲和两个女儿组成。他们一定很有钱，因为他们养了一个厨师和一个女佣。母亲是一个非常漂亮的女人，三十五岁上下，喜欢玩乐。她们搬来不到两个月的时间里，就结识了所有的邻居，而且每天晚上她家都有客人。她一年甚至办两次正式的宴会。这样的邻居引起了尼科戈斯父母的严重担忧。他们开始向所有熟人打听，他们的女邻居嫁的是什么人，从哪里过来，经济情况如何。这个家庭热火朝天的欢乐生活仿佛是对他们沉闷、克制的生活方式的嘲弄。他们觉得，与这个女人做邻居非常危险。她每天迎来送往,对着客人笑容满面,还与男人们握手,并且她的女儿们也跟着母亲学。所有这一切令尼科戈斯的父母异常警觉,所以他们一年只拜访邻居一两回。

在拜访了这家总是微笑、快乐的邻居之后,别姆佩和涅克塔尔除了惊喜并没有其他感觉,但一种未知的力量,宛如幸福的召唤,吸引着尼科戈斯再去他们的新邻居家。邻居的长女索菲克,身材高挑修长,有双漂亮的蓝眼睛和一头波浪般的金色秀发,完全迷住了他。他也是个非常年轻、帅气的小伙子,嘴唇上方才刚刚冒出小胡茬。他们相爱了,但格沃尔克阿哈那阴沉的脸很快盖过了他们的喜悦。他打听到,新来的邻居身上有太多流言蜚语:她与自己的丈夫离婚了,她的资产微不足道,她那些令任何有钱人都羡慕的宴会,不过是为了拼命将女儿嫁出去。这些情况最终抵消了他对邻居的最后一点儿尊重。手艺人们习惯了对富人卑躬屈膝,对比他们穷的人则傲慢无礼。

格沃尔克阿哈似乎猜到了尼科戈斯的爱情,对遇到的每个人说:"我永远不允许自己的儿子娶这种女人的女儿。"

这无情的判决给了尼科戈斯沉重的一击,没有给他留下丝毫的希望。反抗父亲的意志比死还难。

很快他就病倒了,一段时间后,他们的邻居搬到了另一条街。几个月过去了,年轻人始终无法忘记他的爱人。他的身体刚恢复,就跑去找索菲克。然后他们开始夜里在花园门口秘密约会。后来,得知索菲克的母亲经济拮据,他立刻开始接济她们。现在尼科戈斯会直奔她家,而不再像以前那样杵在大门口了。当然,这些访问依旧对他的父亲保密。很快尼科戈斯承担了对这个家庭的全部照顾,由于这样的奉献,索菲克的家人对他非常喜爱。

就这样过了两年。有一天索菲克的母亲躺下之后就再也没能起来。严重的肺炎在八天内要了她的命。尼科戈斯每天都会去病人家，照顾她，不让她感到缺东少西。

临死之际，女人放心不下自己的孩子。

"我不会抛下她们的。"尼科戈斯告诉她。

听到他的安慰，她安息了。

3

这种关系对于这个年轻人而言与结婚无异，甚至更胜于结婚。他信守了自己的承诺，忠诚于自己的秘密爱情。在他的一生中，除了索菲克之外，他从未有过另一个女人。即使是婚姻的誓言，他也尽了自己最大的忠诚了。

他用自己有限的智慧做到了既对索菲克忠诚，又对自己的父亲顺从。父亲反对他娶这个女孩，所以他没有结婚。但作为一个成年的小伙子，甚至可以说是一个成熟的男人，他当然有权恋爱，所以他也没有与索菲克分手。

他将一部分的收入给了索菲克和她的妹妹，这是他瞒着父亲尽可能克扣下来的。他对索菲克有某种迷信。自从他和她约会以来，他的生意就越来越好，每天创造的利润也越来越多，而与此同时很多手艺人都在亏本，变得越来越穷。

尼科戈斯阿哈觉得，这种运气是作为他对一个处在弥留之际的女人信守承诺的奖励。但有一天，他永远记得那一天，索菲克告诉他，她怀孕了。孩子的出生一定会向所有人揭开他们努力隐藏的这段关系。

尼科戈斯立刻强迫爱人使用一切手段弄掉孩子,但大自然使他的所有努力化为乌有。当他的儿子出生时,尼科戈斯甚至很高兴他所有的尝试都没有成功。但这种快乐并不持久。尼科戈斯的生活因为各种新的烦恼而变得复杂。最棘手的事情竟然是孩子的洗礼——上哪儿能找个能替他们保守秘密的教父。最后,举办了洗礼。晚上索菲克告诉向他,他们的小阿拉姆在教会登记册中被列为"教会之子"。而当格沃尔克阿哈突然死于心肌梗死时,尼科戈斯阿哈已经是两个孩子的父亲了。

无论他多么努力地尝试向人们隐瞒他们的关系,很多人还是发现了。一个衣冠楚楚的男人,起初只在白天来索菲克哈努姆的家,后来开始每周过夜一次,邻居们曾一度认为他是这个年轻女子的亲戚。但很快他们就知道了怎么回事。一些家庭不愿与轻浮放荡的女人来往,就和她绝交了。但索菲克哈努姆全神贯注于抚养孩子,从未想过"被断送"的人生。很多男人想获得这个美丽女子的好感,但都没成功。

她只想与尼科戈斯结婚,毕竟他已经当着上帝的面成了她的丈夫,而且她只想无愧于自己的孩子,能让他们继承父亲的姓氏。不过尼科戈斯阿哈一直回避这个问题。他的两个儿子在学校用的是母亲的姓氏。当他们稍微长大些并开始明白一些事情时,有必要向他们介绍这个每周来他们家一次的人。就这样尼科戈斯阿哈成了他们的叔叔,有一段时间这个想法是成功的。后来又有了其他的烦恼。有一天,阿拉姆从学校回来,眼里含着泪水:在一次争吵中,男孩们叫他"杂种",并用拳头攻击他。老师非但没有保护男孩,反而把他赶出了学校。后来,"杂种"这个侮辱性的词就成了阿拉姆日常的外号,于是他的母亲不得不让他辍学。

4

当父亲去世的时候,尼科戈斯阿哈已经四十多岁了。他漫长的一生都受到父亲的监视,毫无怨言地服从父亲的意志,这完全破坏了他的性格,使他成为一个软弱而被动的人。然而,许多父母却将他作为自己孩子的榜样,教导他们做一个彬彬有礼、听话的好儿子。他总是穿一身深色,甚至全黑的西装。无论冬夏,他都穿着一身轻便的西装。他认为,这对于他这个年龄的男人来说是必需的,而他衬衫的立领上永远系着一条黑色的领带,他无论如何也不会同意换一条更时髦的领带。

他常买东西的商店知道他亘古不变的品位,当他在复活节或圣诞节前去那里时,他们会毫不废话地包好一套西装、六件衬衫和两条领带,冬天则包上三套上好的羊毛内衣和六双暖和的袜子,夏天也是一样,只是东西换成棉织品。提着东西回家的时候,他每次都像一个穿上新衣服的小男孩一样兴高采烈。这是他一生中唯一的快乐,每年两次,一成不变。

格沃尔克阿哈去世后,他接替了父亲在家的位置。起初他感到茫然无措,只徒劳地挺起他那因顺从、恭敬而弯曲的脊背。

有一段时间,索菲克哈努姆强烈地敦促他将他们的婚姻合法化,以至于他也开始考虑结婚。他的神父,一个善良的人,也提出了同样的建议。但他在家里一提起这件事,立刻闹得天翻地覆。

涅克塔尔哈努姆用温和的语气向他明确表示,如果他这样做,父亲的诅咒就会落在他身上。你听说过,姐姐还没出嫁,弟弟就娶媳妇的吗?她用弟弟的遭遇提醒他。当然,这是他自己的事,他也可以随心所欲。有一件事是毫无疑问的——如果他结婚了,只要新娘进了门,就会立即将她们赶出家门,这不幸的两姐妹,到时候要么被迫乞讨,要么只能去福利院。尼科戈斯是一家之主,她们当然只能服从他。

尼科戈斯无言以对。他眼前浮现出父亲的样子,他那严厉、无情的脸。他现在就坐在角落里,正对着他。这让尼科戈斯没法向姐妹们坦白他过往的情感经历,以及两个孩子的存在。他在内心同意姐姐的观点,于是像所有优柔寡断的人一样,他只能无限期地拖延解决这个棘手的问题。

现在尼科戈斯阿哈的事业蒸蒸日上。他成为整个恰尔沙地区最富有的珠宝商之一,还当选为行会会员和教区议会的财务主管。

他弟弟的儿子,现在已经是个成年的小伙子了,在帮他打理生意。如果他的孩子们,那两个小天使,也和他在一起,尼科戈斯该有多高兴。但他立刻想到,这种行为违反了道德。于是尼科戈斯就这样,迟迟没有迈出那一步。

5

像父亲一样,尼科戈斯阿哈也死于突发性遗传心脏病。

为了厚葬这个人,整个村子都出动了——教堂里挤满了人。

七月的一个星期天,教堂里所有的枝形吊灯和蜡烛都被点燃了,还邀请了修士大司祭和神父,甚至连主教也到了,他评价死者是一个无可指责的诚实之人。事实上,普遍来看,诚实与其说是不违反普遍接受的规则和秩序,不如说是巧妙地隐藏了罪过。

世上没人能像尼科戈斯阿哈这样善于隐藏自己的罪恶。他让整个家庭陷入不幸，不仅没有给他的儿子们留下谋生的手段，甚至没有将自己的姓氏传给他们。他将自己造的孽转移到孩子们的肩上，然后就撒手人寰。

充满偏见和惯例的社会无法对这个意志薄弱的人提出更高要求，他一生在意的只是不破坏别人对自己的尊重。

棺材被慢慢抬了起来，死者的尸体似乎因他犯下的罪过而变得更加沉重了。

抬棺材的人开始往棺木上喷古龙水。那些走在队伍前头的人用手帕捂住鼻子。显然，尸体已经开始腐烂，尽管做了所有努力，但棺材周围仍然散发出可怕的恶臭味。似乎多年来隐藏在这个男人身上的所有令人作呕的东西现在一齐迸发出来——象征着这个利己主义者生命的结束。大自然似乎急于将尼科戈斯阿哈的尸体化为灰烬。

恶臭味越来越浓，污染了夏日干爽的空气。尸体很可能已经出血了。死者的亲属们已然不知道该怎么办了。无论是披在尸体上的带有银色宽十字架的一流天鹅绒教堂盖布，还是死者所享有的普遍同情，都无法阻止已经开始腐烂的尸身。明媚的正午阳光，用纯净的真理之光淹没了伪善的人们，嘲弄着他们虚伪的良心。

走在棺材后的是一众上流人士，所有人都对死者赞不绝口。有个尖酸刻薄的人，这类仪式上总是会出现这种人，讽刺地说，死者有两个私生子，但他不承认自己的孩子。众人听见了他的话，可在这些人眼中，死者的可贵之处恰恰在于他不承认自己的儿子。嚼舌头的人没有得到支持，便不再说话了。但我知道，有不少人在谴责他。

索菲克哈努姆为死者哀悼，并决定争取自己孩子的权利。她先去找教区委员会，然后又去找主教。人们惊叹于她的厚颜无耻——一个未婚女人怎么能觊觎配偶和母亲的权利呢？她被到处驱赶。"正义"在女人的眼泪面前也毫不心软。用尽一切手段后，不幸的母亲告诉涅克塔尔哈努姆，尼科戈斯阿哈是她两个孩子的父亲，她知道他留下了一大笔遗产，所以向她请求帮助。

涅克塔尔哈努姆毫不犹豫地回答她，自己没有义务养育她的两个杂种。索菲克哈努姆只好向法院提出上诉。此事立刻引得教区的民众一片惊慌。所有人都认为，这个女人的奢望是在企图侵害婚姻的神圣性。没有人愿意为她主持公正。

我碰巧经过街市，教会法庭的官员们正在查封死者的作坊。天色已晚，街市的石拱门下渐渐暗了起来。整个街市的珠宝商都聚集在此。涅克塔尔也跑过来，她声嘶力竭地边哭边喊。这个老处女用杂乱无章的脏话咒骂如今的整个珠宝行会，控诉他们贪财、虚伪，净说些假仁假义的空话，言辞中充满了亚美尼亚和土耳其脏话。起初她号啕大哭，努力向官员们证明她有权继承这个作坊，但在他们无情的脸上没有看到任何同情后，她又转向围观的珠宝商们，要求他们支持她的正当诉求。

"我是金店店主尼科戈斯阿哈的亲妹妹，你们可都认识他啊！"她大喊着，满头大汗，险些又哭了。

她被一群看热闹的人包围着。

"这一切都是我们从我们父亲格沃尔克阿哈那里继承的，"她解释道，"他们却过来查封我弟弟的作坊。他们有什么权力？我们才是继承人——我、我妹妹还有我侄子。没有别的法定继承人。突然冒出什么孩子，简直是在玷污我弟弟的名声！他是一个品德高尚的人，当得起这样的好名声。"

黑暗中很难看清她的脸，但完全能够听见她的呼吸上气不接下气，还有她狂暴响亮的声音。

突然人群中有人说道："我很清楚，尼科戈斯阿哈的确留下了两个孩子。"

"你说孩子？怎么不叫他们杂种呢？谁承认了他们？"

她的声音激动得颤抖。为了防止官员们封锁作坊，她一把抓住他们的手，官员们轻轻推开她并劝导她，他们只是履行职责，并不想损害谁的权利。

但涅克塔尔哈努姆非常固执。她习惯于将自己的意志强加给别人，这次她受到了冒犯，因为没有人听她的。她用自己又矮又肥的身子堵住车间的铁门，用超人的力气阻止官员们接近大门。在她无法抑制的仇恨中，她一次又一次地诅咒那些起诉她的人。

"是的，杂种，他们就是杂种！"

接着，涅克塔尔哈努姆失去意识并倒了下去。她的整个脸都变形了。他们用水浸湿了她的太阳穴，让她坐到椅子上。这个女人双眼紧闭，嘴唇却依旧在动，她又继续咒骂了一会儿，直到双唇紧闭，永远紧闭。

荡 妇

1

哈吉①秋里克是一名贩卖女仆的牙婆,经过两周的苦苦寻觅后,她终于为贾扎拉阿凡提的妻子,也就是伊斯坦布尔加特久赫居民区最富有的女士之一——苏尔比克哈努姆找到了一位合适的女仆。

秋里克来自巴尔季扎克郊区,长久以来,由于种种原因她干过女仆、保姆、洗衣工,还有厨娘。她对伊斯坦布尔的亚美尼亚家庭中的各类工作都了如指掌,她依次有序地完成工作,卑躬屈膝的外表下,内心深藏着对自由的渴望。

当哈吉秋里克依旧年少,尚未去过耶路撒冷,也未取得"哈吉"称号的时候,她就已将富人家庭的风俗习惯摸得一清二楚。她是那般美丽动人,以至于言行举止引起了某些女主人酸溜溜的

---

① 哈吉,是对去麦加朝觐过的穆斯林的尊称。

嫉妒。

秋里克一生阅尽世事,她的鼻子不亚于猎犬,能嗅出各种龌龊之事的味道,她的耳朵异常灵敏,能听到门后的窃窃私语。

当她凭借施舍和薪水攒下的钱财前往耶路撒冷时,她早已是个坑蒙拐骗的惯犯,不知她是去祈祷,还是去忏悔。

从圣地回来后,哈吉秋里克不再干过去那些受奴役的活,而是通过向熟悉的家庭推荐女仆来赚取佣金。由于她总是尽职尽责,性格又十分开朗,靠着这项生计赚了不少钱。她善于投其所好,与当家的先生们打趣,又能妙趣横生地给名门贵妇们讲述所有轰动一时的新闻。所有人都对她非常满意!毕竟,谁也找不到像她这般好的仆人。哈吉秋里克推荐的女仆能在同一个地方干上好几年。所有称得上是上流家庭的都只找她一人办事,她的顾客们甚至炫耀:

"我们的介绍人是哈吉秋里克本人。"

"我们的也是。"

这就是为何苏尔比克哈努姆在决定为老仆人马里亚姆找个女助手后,派人去请秋里克当介绍人,并详细地向她解释了对新女仆的要求。

"首先,她要恪尽职守。若是刚开始对工作还不太熟练,可以慢慢学。说实话,活儿不算多:整理我儿子奥尼卡的房间,洗干净他的衣服。我得事先说好,我不会雇用一个小姑娘。"

意识到对新女仆的要求说得有些露骨,苏尔比克哈努姆赶忙补充道:"哈吉秋里克,我只是不想家里有个轻浮的姑娘。如果你让我满意,我会付给你更多的佣金。"

"明白了。"

牙婆心中有数。她立刻绞尽脑汁地思索，但是没有人能满足苏尔比克哈努姆的要求。事实上，漂亮的姑娘比比皆是，但她们的眼睛和嘴唇太过诱人，大概会把女主人的丈夫贾扎拉阿凡提迷得神魂颠倒。苏尔比克哈努姆想要一个淳朴的年轻女仆，但在伊斯坦布尔这样的人可不容易找到。

哈吉秋里克不得不跑遍首都的所有居民区：伊兹密尔、巴格切奇克、阿尔斯兰别克、阿加巴扎尔——总之，所有为首都提供雇用女仆的地方都去过了。在经历了漫长的寻觅后，最终她向苏尔比克哈努姆介绍了一位来自巴格切奇克农村的刚满十八岁的年轻女人。当苏尔比克哈努姆从头到脚认真地打量她时，女仆只是恭敬地站在门口。尽管她穿得破破烂烂，却并不妨碍这个女人成为富家太太心中的最佳人选，于是女主人和牙婆立刻就签订了协议，新女仆的工资应当是一个月七枚银币，倘若太太将来对她满意，那么除了送给她的旧衣裳外，她每年还能得到两条裙子。为了让女仆马上开始工作，苏尔比克哈努姆送给她一条干净的新裙子和一件白围裙，并令她从头上摘下三角巾，将头发梳理整齐。这样一来，这个女人变得更加美丽。尽管她是个农村女人，却有着一张白皙的鹅蛋脸，睫毛纤长，柳眉弯弯，一双美丽的大眼睛黝黑发亮，嘴唇更是妩媚迷人，嘴唇的轮廓非常优美，上唇的嘴角微微上翘。

每个女人都有鉴别他人美貌的能力。毕竟，美貌是女人即使在谈及情敌时，也无法否认的唯一事实。我无数次听到妒妇们口中的流言蜚语，她们总是在话尾直白真实地承认："无论怎么说，无论她多漂亮，都是个女妖精！"

在称赞了女仆的外貌后，苏尔比克哈努姆叮嘱她要保持整洁，告诉她该做哪些事,又该怎么做,并向她解释了如何举止得体。

在得知新女仆季格兰努伊是个父母双亡的孤儿且不久前才结婚后,身为医院保护人并享有和丈夫一般的崇高道德声望的苏尔比克哈努姆,突然滔滔不绝地说起高尚的空话:"我对待女仆,就像对待亲人。哈吉秋里克,你是知道的,其他人家的女仆喝井水,而我家的女仆喝的是泉水。如果厨房克扣你的伙食,你就立刻来禀告我,我是不会容忍厨师欺负女仆的。只是你吃饭的时候,不要留在厨房,也不要和男仆们聊天——明白了吗,小姑娘?现在快过去吧,马里亚姆会告诉你该做什么。"

她的嘴像抹了蜜似的,说得十分动听。季格兰努伊感觉自己幸福得如登天堂。

2

第二天季格兰努伊早早地醒来。阳光径直洒进了窗子里,在她娇嫩的脖颈和洁白的肩膀上嬉戏,她的心口溢满了巨大的喜悦。季格兰努伊无法从她生活的变化中回过神来。她坐在床边,思考着自己的人生。

自有记忆起直到结婚前,她都一直和姑母生活在农村。母亲的面容,仿佛一张时隔久远的褪色相片,隐约间慢慢在她的记忆中复苏。季格兰努伊完全不记得父亲了。和姑妈一起生活的这些年,她不知自己到底是女仆,还是侄女。她一心想的就是:不要成为任何人的累赘。如果没有那两个折磨她的表姐妹,季格兰努伊在这个家的生活甚至可以说是幸福的。而这一切的罪魁祸首就是她那倾国倾城的美貌。美貌给她带来了太多的不幸,以至于季格兰努伊发自内心地希望自己变得丑些。

村里的许多青年都死缠烂打地跟在她后面，悄悄地在她耳边称赞她匀称的身材和披肩的长发。即使季格兰努伊不太关注这些，但追求者们就像投入平静湖面的石块那样，令她烦忧，而表姐妹们则挖空心思地散布她的谣言。恰好此时，一名以做苦力为生的年轻工人向她求了婚。季格兰努伊已经年满十七了。这个岁数的农村姑娘早就被当成了老姑娘，而且必须得离开姑妈家了：这个老太婆一心想赶走季格兰努伊，所以愿意将她许配给这个偶然出现的新郎。季格兰努伊就这样跨进了别人家的门槛，那里除了新郎，还住着他的父母。这段婚姻对她而言不是个好兆头。结婚一周后，她的丈夫就去矿山挖煤了，只有到了月底才能回来看望妻子，和她待上一天，就又离开了。季格兰努伊不分昼夜地劳作，她的生活仿佛北极的夜晚，被无边的黑暗笼罩着，不曾有过一缕的阳光，也不曾有过片刻的欢愉。

有一天，她断了一条腿的丈夫被人送了回来，他没法再继续工作了。唉，要是季格兰努伊有孩子，她就可以做奶妈来挣钱，然后把钱寄回家，可是她没有孩子，为此公公婆婆对她多有埋怨。

就在那时，哈吉秋里克恰好找到了她。

"和我一起去伊斯坦布尔吧！"

丈夫和作为她监护人的姑妈同意了。对于季格兰努伊来说，这是一场救赎。牙婆不停地夸赞她未来的女雇主：那可是个大户人家，太太十分慷慨，每逢圣诞节、谢肉节或是复活节，礼物数不胜数，既能吃饱饭，干活又轻松。再也找不到比这更好的地方了。

甚至连姑妈都琢磨了一会儿:要不要让自己的一个女儿取代季格兰努伊过去?最终一切准备就绪,早上天还微微亮时,这两个女人在海边从车上下来。

现在季格兰努伊不禁回忆起这条冲破黑暗、走向光明的道路,她看见幸福的预兆。沐浴在金色霞光中的伊兹密尔港,宛如一位晨间惬意卧床的慵懒美人,深深迷住了她。从小到大,季格兰努伊还从未近距离欣赏过大海。但是此刻,她坐在三桨的大轮船上,腋下夹着她的小包袱,越过蔚蓝的大海,这简直令她难以置信。

在伊兹密尔,她们费劲地挤上火车,告别了忙乱的车站,开始沿着风景如画的海岸疾驰。有时火车会在站台上停一会儿,季格兰努伊心想,它应该是累了,想喘口气。一些人上了车,另一些人下了车,随后火车又像发疯似的朝着伊斯坦布尔狂奔。她还记得,哈吉秋里克用手指给她看:瞧,这就是大都市佩拉的盖达尔-帕什。

城里美轮美奂的建筑完全迷住了季格兰努伊。在车站时,她非常惊慌:生怕自己迷失在人群里。她紧紧地抓住自己的小包袱,唯恐一不小心就把它弄丢了。不过,哈吉秋里克一直跟在她身边,秋里克可是个麻利老练的领路人,一路上帮她摆脱了各种麻烦,直到将她送入这个富裕的家庭。哈吉秋里克仿佛是季格兰努伊的守护天使,她此刻是多么感谢她啊!

这是多么富丽堂皇的房子啊!房子里有三个聪明伶俐的女仆,其中一个是老马里亚姆,她主管教导和监督仆人。但最令她惊讶的是这里有一位能言善道的女主人。直到傍晚,季格兰努伊才感到有些害怕,因为她看见了老爷阴沉严厉的面孔,以及与他父亲脾气相近的健壮结实的儿子。

　　季格兰努伊回想起所有这一切，感到心满意足。她快速跳起来，穿好衣服，梳好头发，对着墙上的镜子左右照了照，这是她人生中第一次仔细端详起自己的容貌，意识到自己的美貌并为此感到欣喜，然后她走下了楼。

3

　　关于苏尔比克哈努姆有个美丽女仆的传闻席卷了整个居民区：所有人都祝贺这位太太。

　　由于女主人非常喜欢她，所以季格兰努伊穿的衣服大多是鲜艳明亮的色调，戴的也是白色的干净围裙。每天晚上当季格兰努伊干完活儿，她就会躲进楼上的小房间，坐在窗边，望着从船上走下来的乘客。

　　女仆很快就习惯了这里，她的薪水全部寄给了丈夫，她对自己的命运十分满意。但是一种隐秘的忧虑笼罩着她。她感到某种莫名的不安：她觉得房间里不止她一个人，闭上眼睛，常能听到有人的脚步声。危险的气息仿佛弥漫在空气中。季格兰努伊不知道威胁着她的是什么，但她认为必须保持警惕。

　　毕竟这里的伊斯坦布尔居民都礼貌周到，还培养出对待女士的独特方式：比方说有时会亲吻她的脸颊之类的行为。这让这个年轻女人感到羞耻。本能告诉她，当她给男人们端茶水或点心时，内心深藏的欲望会如同一阵热风般吹遍她的全身。一出房门，季格兰努伊就感觉到，男人们正目光灼灼地盯着她，似乎要将她看穿，她那丰腴的身子随着步伐摆动，彻底勾走了男人们的视线。

面对这一切的诱惑，贾扎尔阿凡提的儿子无法自持。

健壮无比的青年被情欲冲昏了头，父亲在场的时候，他会隐藏自己的欲望，但当他偶尔和女仆独处时，他便难以自持了。

尽管他在外有个沉着、稳重的名声，但他很快就开始挑逗季格兰努伊，似乎想要试探她会不会反抗。有时他会在不经意间轻轻碰触她，想要抓住她的手。但季格兰努伊猜透了他的心思，于是不动声色地躲开，此时的她好似一只胆怯的动物，努力掩饰住内心的慌乱，慢慢地避开危险，以此削弱敌人进攻的力量。

最终，娇生惯养的青年明目张胆地要求季格兰努伊回应他的骚扰，且六个月来变本加厉。房子里似乎日夜进行着一场捉迷藏的游戏，她躲他追，但她又得应对小主人的各种差事，这个可怜的女人简直不知道该怎么办。

最后，季格兰努伊实在无能为力，只能决定将一切告诉女主人。毕竟她被公认为是一位思想严肃的虔诚女士，主教本人也经常在布道时称赞她。于是，为了寻求庇护，免受小主人的骚扰，季格兰努伊在与女主人单独相处时，向她坦白了一切。

苏尔比克哈努姆表示自己很震惊：会不会是季格兰努伊误会了？然而，她还是向她保证，今晚会和儿子谈一谈，随后笑着补充道，这一切都归咎于季格兰努伊的美貌。

"我的儿子是个好人，但无奈的是，他也是个男人，而你却是位绝色的美人。他会喜欢你，这也没什么可见怪的。"

季格兰努伊将发生的事情告诉了哈吉秋里克，哈吉秋里克打趣她。

"我的姑娘啊，"她说，"你哪里还需要做什么，要知道爱上你的是什么人啊？他可是主人家的儿子！"

季格兰努伊仍然试图避免被年轻的少爷调戏，但她逐渐习惯了他炽热的表白。同时太太也送给她许多礼物。女仆不知道这些受之有愧的恩惠意味着什么。但她的确变得越来越难以抗拒。

有一天晚上，季格兰努伊看见年轻的少爷在自己房里，她本想尖叫，但是害怕将事情宣扬出去，于是乞求道："我求求你了，小先生，放过我吧！要是太太知道了，她会怎么说？"

"你个傻瓜，毕竟是我的母亲亲手将我推向你的，所以你不用害怕……"

被紧紧压在墙上，季格兰努伊落入少爷强硬的怀抱中，她浑身的力气都被抽走了。她仰着头，屈服于男人数不清的亲吻，同时内心在不自觉地为自己找借口：毕竟，她已经竭尽全力地保护自己了，难道没能成功逃脱是她的错吗？

4

他们的关系维持了两年。对于女主人来说，季格兰努伊是个完美的女仆：要知道，她能抓住儿子的心，使他不在外面干些荒淫的事，她也不会将事情宣扬出去，能预防各种不安定因素。因此苏尔比克哈努姆将她打扮得像个儿媳妇，在众人面前对她不吝溢美之词。

季格兰努伊突然间就害病了：恶心、头痛，就这样拖了好几天，惊慌的女仆没有对任何人透露此事。又过了一段时间，怀孕的征兆变得越来越明显。惊慌失措的季格兰努伊不知该怎么办。所有的家仆都嘲笑、挖苦她。年轻的小主人立刻就不再找她，甚至仿佛没看见她似的。

有一天，苏尔比克哈努姆仔细端详着女仆，眼里闪过一道狐疑的光芒。

"快点儿，靠近点儿！"她清楚地大声说。

看到慌了神的季格兰努伊，她补充道："再近点儿！"

怀孕的迹象清晰可见。像大多数孕妇一样，季格兰努伊变得丑陋：脸上长出斑点，肚子和乳房都变得鼓鼓囊囊。

女主人终于勃然大怒。

"你这个荡妇，"她尖声叫起来，气得发抖，"简直有辱门户，给我滚出去！"

听到女主人的尖叫声，领班的女仆马里亚姆飞快地冲过来。

"立刻给哈吉秋里克打电话，让她把这个荡妇带走，爱去哪儿去哪儿！"苏尔比克哈努姆继续大发雷霆。

大概两个小时后，女仆被交给介绍人，女主人一通怒气发泄在她身上。

在某些情况下，耻辱和荣誉有相似之处。有时，一个失去辨别真伪能力的撒谎者，反而能够真诚地相信自己的谎言。

这就是苏尔比克哈努姆的愤怒看起来无比真诚的原因。她丝毫不承认，这件丑事就是在她的授意下发生的。由于看重名誉和德行，她发疯似的对女仆，对介绍人，对整个世界破口大骂。

"现在就让这个荡妇滚！再也不要出现在我的家里。"

季格兰努伊被吓得全身发抖，牙齿直打战。

单独和季格兰努伊待在一起时，哈吉秋里克非常怜悯这个姑娘。她没有详细询问，因为这种事情一目了然。

"亲爱的，你怀孕多久了？"

"我不知道。"季格兰努伊小声地说。

牙婆下楼去找苏尔比克哈努姆,对方还是怒气冲冲,甚至怒火愈燃愈烈:你只要想一想,她本来想温暖一个可怜的孤儿,却没有得到感激,甚至还养出一个无耻之徒——一想到这里,她就厌恶地理理裙子,仿佛害怕玷污了自己。

"简直是个荡妇,我无话可说,和她鬼混的人多了去了!"

哈吉秋里克突然发起火来,粗鲁地两手叉腰,开始斥责起女主人:"你闹够了吧,太太,你凭什么怪罪一个可怜的姑娘?比起做亏心事,你最好管住自己的儿子!"

"什么?你说什么?你还想往我儿子身上泼脏水?他可看不上一个仆人,居民区里所有的年轻姑娘都追在他身后!"

"可像季格兰努伊这样的美人,在她们当中你是打着灯笼也找不着的。你最好听我一句劝,太太,我见过的事儿多了去了:如果干下了坏事,就必须做点儿什么来偿还。"

但苏尔比克哈努姆依旧咬紧牙关,无论如何也不想承认,这一切的罪魁祸首就是她的儿子。

两人争吵得越来越激烈,骂起脏话来谁也不输谁,显然,哈吉秋里克要比这位女主人善良和高尚得多。

苏尔比克哈努姆只想尽快摆脱季格兰努伊,否则一切就会真相大白。

哈吉秋里克是个狡猾的女人,她早就心中有数:必须抓住对方的小辫子,为这个可怜的女仆索赔。

"看来,你必须要给她一点儿钱。"她说。

"我宁愿把钱捐给医院,也不会把钱给一个荡妇。"苏尔比克哈努姆固执己见,既不想给钱,也不想留下个恶人的名声。

此时，哈吉秋里克终于发作了："谁的儿子睡女人，谁就得掏腰包，懂吗？比起捐钱给医院，你最好把钱给这个可怜的女人，因为她是被你的儿子搞大了肚子，她需要这笔钱，你们应该感谢上帝，自己不是穷人。现在谁也不会雇用季格兰努伊，当她生孩子时，她不但自己难以生存，而且还要养活自己生病的丈夫！"

苏尔比克哈努姆久久地叫喊和漫骂，经过漫长的讨价还价之后，她数出了二十几块金币，但要求哈吉秋里克必须立刻将女仆带走。

黄昏降临。贾扎尔阿凡提和儿子一起乘坐最后一班轮船回家，他坐在自己的位置上，和儿子谈论着生意上的事。儿子在父亲面前表现得尤为恭顺、讨好。

这个时辰从加特久赫到伊斯坦布尔的轮船已经没了，所以哈吉秋里克不得不租了一条小船。

深秋的夜晚变得更加漆黑。冻雨逐渐将海洋和海岸都笼罩在迷雾中。停泊在码头上的轮船，它们的十字桅杆仿佛神话中巨人伸出的长臂。从这里可以看到加拉塔萨雷和佩拉高地上的点点灯光。

可怜的季格兰努伊蜷着身子躺在破破烂烂的小船上，腋下仍然挂着个小包袱，她心灰意冷地听着船桨下浪花飞溅的声音，望着远处黑暗中闪烁的点点灯光，她突然心头一颤，第一次感觉到腹中的孩子在动。

在居民区，整件事并没有给贾扎尔阿凡提一家带来很大的耻辱，尽管谣言满天飞，但好在所有人都以为，季格兰努伊是和其中一个仆人有苟且之事。不仅如此，现在人们觉得苏尔比克哈努姆更加虔诚而坚定,居民区头号富裕人家的声誉也在日益提升。所有想把女儿嫁给她家儿子的人都争先恐后地称赞这对母子。

"真是个荡妇,"人们谈起季格兰努伊时这样说,"她简直是身在福中不知福!"

贾扎尔阿凡提的生意伙伴们也这样认为。所有人都震惊于女仆的忘恩负义,对贾扎尔阿凡提夫妇大为同情。

他们摇摇头说:"真是世界之大,无奇不有啊。"

5

从不幸发生的那一天起,不知不觉已过去四年了。我是从朋友家中得知的此事,季格兰努伊在他家当仆人。

她还是那般美丽迷人,只不过脸上笼罩的阴郁令她有些许的衰老。

她在哈吉秋里克那里度过了生产前的最后几个月,并在那里生下了一个健康、可爱的男孩,与此同时,她的丈夫因为肺痨死在了村里。

他的死并没有使季格兰努伊很受打击,毕竟,这个不幸的女人对自己的丈夫知之甚少。但是她失去了人生中的某种依靠,尽管这种依靠并不牢固。季格兰努伊越发温柔地对待自己的小宝贝:这个一出生就没有父亲的可怜孩子,对她来说似乎更加珍贵。

没日没夜的工作迫使季格兰努伊不得不将孩子寄养在别人家里。但是有一天,她突然被告知,孩子生病了。不幸的女人飞奔到儿子面前,但孩子已经奄奄一息,无论是医生、药物还是她从救世主修道院求来的圣器都无济于事,男孩就像一只困在笼中的鸟儿那般颤抖、挣扎,最终在母亲怀里永远地闭上了眼睛。

季格兰努伊没有亲人,哈吉秋里克离这里很远,所有的安葬事宜都落到了她一个人的肩上。她亲手给孩子穿上衣服,亲自将他送往教堂——她想给他举办一场庄严的葬礼。

"你何必白白浪费钱,这可是你辛辛苦苦赚来的。"信徒们劝说季格兰努伊。

但季格兰努伊不为所动。她买下尽可能多的蜡烛,邀请了两位神父参加葬礼,她还为孩子订购了坚固的棺材,仿佛害怕他在潮湿的地下会着凉。

除了她,没有其他人来教堂,她头上没戴围巾,将孩子送到坟地,亲眼看着儿子下葬。季格兰努伊总共只耽搁了两天,就回到主人家。

她的眼睛都哭肿了,可嘴里一句诉苦都没有,继续一如既往地埋头干活。

如今,她心心念念的只有一块贵重的墓地。季格兰努伊节衣缩食,终于用微薄的薪水购置了一块双人墓地。

付清了钱款,她急忙拿着文件奔向坟地,只为了将珍贵的骨灰挪到新的去处。然后她给墓地做了个围栏,又定做了一块墓碑。这个可怜女人的全部工资如今都花在了装饰墓地上,为此季格兰努伊拼尽了全力。

追悼日对她来说是崇高而真正快乐的日子。她早上起得很早,认真地穿上寡妇的衣裙,然后前往坟地,她跪在儿子的墓前,久久地和他低声交谈,温柔耳语。之后她邀请神父前来做追思弥撒,并用最后的钱慷慨地付给他们报酬。

回家的路上,她的脸上充满了平静和满足。

"你去哪了,季格兰努伊?"她的雇主装作什么都不知道的样子,问她。

"太太,我去看我的宝贝儿子了。"她眉开眼笑地回答。

玛格达林娜

这姑娘芳龄十七，即使浓妆艳抹，也无法遮盖她的天生丽质。她的眼眸中总是流露出忧愁的神情，与她对视一眼，你会像被天鹅绒拂过一般麻酥酸软。一头染得火红的浓密蓬松的头发，不知是因为没有时间打理还是别的什么原因，散漫地披在肩上。姑娘仿佛被头发的重量拉扯着，头微微向后仰起来。

她打扮得花枝招展，却着实毫无品位。她常穿着蓝色的锦缎短裙和红色的丝绸上衣。她对绫罗绸缎的追逐显示出这个一贫如洗的姑娘对上流贵妇天真的嫉妒。

肆无忌惮袒露的胸脯与总是半落不落的丝袜展示出她婀娜的身姿。她故意摆出最诱人的姿态，炫耀着自己那令人心荡神摇的美丽。

她的床又宽又大，几乎占了四楼房间的一半，以至于每个进来的人都会质疑床单是否干净。

捕捉到我怀疑的目光，她便努力说服我。她掀开被子，向神明发誓，枕头套才洗过没多久——她这样子和那些急着推销自己货物的商人没什么两样。接着，她强迫我坐到墙角的软凳上，一边搂着我的脖子，一边像个小女孩一样笑着问道："我可以亲你一下吗？"

她拒绝了我少男式的笨拙尝试，自己转而开始挑逗我。

毫无疑问，她在这方面经验丰富。她向我展示自己的美貌——她最令人信服的证据，试图用自己的爱抚消除我的胆怯。

我不熟悉她身上的香气，但这令人销魂的甜美芳香使我愈加兴奋。

她叽叽喳喳地说着："我是这里最小的孩子，复活节我就十七岁了。"

她坐在我身边，像只小猫一样蜷缩着，依偎在我怀中。

不到五分钟，我们就成了朋友。她问了我一连串儿的问题，仿佛要了解我生活的方方面面，但还没等我回答，她又开始讲起了自己的故事。那是个三言两句就能概括的悲伤故事。

"我母亲两年前去世了，"她柔和而悲伤地诉说着，"我不知道我的父亲是谁。我有个妹妹，比我小两岁，还有个更小的弟弟。我还有个祖母。这就是我所有的亲人。我养活了他们所有人。"

她满怀着对家庭的责任感，骄傲地说出了最后一句话。随即，她又摆出一副严厉而贤惠的女主人的派头，似乎对在这种情景下提及妹妹而感到懊恼。我本想和她稍微开几句玩笑，却看见她正蹙着秀美的额头。

"我们来谈点儿别的吧。"她这样说道，仿佛害怕得罪我。

她再次吻了我的唇，在某个瞬间，她整个身体都贴上了我。

但也仅限于此。不论我怎样请求更进一步，她都不肯答应。

"怎么能在圣周①做这种事？"她惊讶地反驳我，"你难道不是基督教徒吗？"

---

① 译者注：基督教规定，圣周是复活节前的最后一周，致力于纪念基督在尘世生命的最后几天，纪念他的痛苦受难。圣周不是大斋节，但圣周时的斋戒特别严格。

现在确实是圣周。

她现在正处于斋戒中，而在这周的最后一天，她可以什么都不吃。这个姑娘的罪恶感以一种奇怪的方式与她非凡的虔诚相结合。

"你打算什么时候去领圣餐？"她突然问我。

"还不确定，"我回答，"你呢？"

她看了我一眼，仿佛我问了一个不该问的问题。

"谁会向我们发放圣餐？"

她非常了解教会的教规，并且比任何神父都更严于律己。

"我不能接受圣餐，因为我不得不继续犯罪。"她向我解释，"否则我就没法生存，也没法养活我的弟弟妹妹，还有我的祖母！我的忏悔也就成了谎言。"

她在她的小房间里发表的这番严肃言论使我陷入了沉思。

"如果教会拒绝向所有非自愿犯罪和撒谎的人发放圣餐，会发生什么？"我在心里暗暗地想，"到那时，商人、小铺老板、记者、律师，甚至传教士，谁还有资格接受圣餐？毕竟第二天他们又会重操旧业。但谁也不会想到，要剥夺这些人接受圣礼的权利。"

而那姑娘一直抱着我，一次又一次地亲吻我。

"你多大了？"她问我。

"我二十岁了。"

我一边享受着她的爱抚，一边继续思考着宗教自身无穷无尽的矛盾。现在的教会，被各种条条框框所束缚，没有公正性可言，更贴近尘世，而非天国。人性中的偏见统治着教会，到处都一样。

姑娘在我脸上落下最后一个吻。

"我该去教堂了，"她说，"请复活节后再来吧，毕竟我们是朋友，对吧？你来了可一定要找我。"

163

似乎是想巩固我们对彼此的好感,她娇媚地要求道:"你得向我保证,不去找别的女人。"

我做出了承诺,一个二十岁小伙子的承诺。

从那之后,我们坠入爱河已经将近一年了。她是个不拘礼节的姑娘,不知道教养为何物,但心地善良,乐于助人。她的顾客数不胜数,有希腊人、亚美尼亚人、土耳其人,有白发苍苍的老人,也有刚刚冒出胡楂的男孩,所有来到这里的人都为她的美丽所倾倒。

人们经常为她发生争执。

也许是因为,这是个了不起的姑娘,即使在出售自己的肉体时,她也依然努力保持诚实。我们成为朋友后,她有时会为自己的无知感到羞愧,但从未因自己的生活方式而自惭形秽!

她带着无限的温柔和关怀,像以前一样照顾自己的弟弟妹妹,即使为了他们出卖自己的身体,她也没有觉得,这是一种自我牺牲。

门口围着一群脏兮兮的人,看着像一群强盗和杀人犯。他们正互相推搡着,试图挤进去一探究竟。很快,警察们带着纸墨来做笔录了。

我向站在附近的人询问骚乱的原因。

"这房子里有个姑娘被枪杀了。"有人告诉我。

强烈的不安笼罩着我,我的预感从未出错,我整个人都在哆嗦。我勉强克服了心中的不安,跑上了楼,走进那个小房间。她的家人都在这了。医生刚到没多久,正俯身查看濒死的姑娘。就在这个房间,在这张床上,我最后一次见到她。与往常不同,她穿着一身白衣,伤口将左侧的胸口晕染出一片红色,仿佛雪地里绽放的玫瑰。

看到我时，她试图朝我微笑。她的伤势连医生也回天乏术。她想要接受圣餐，于是有两个人立即跑到教会去了，但神父拒绝前来。

她的生命像蜡烛一样缓缓熄灭。在我看来，天意轻柔地为她穿上一件白色的殓衣，而人类却以上帝的名义对她进行不公正的审判，剥夺了她最后的安息。

她死了。很快，除了她的弟弟妹妹，没人会再记得她的名字……

后来，我把这个故事告诉了一位阅历丰富的显赫传教士和神学家，他向我详细解释了开除教籍的原因和理由，并解释了妓女和失足女孩的区别。他告诉我，教会会像故事中那样对待前者，但对于后者，则不会这样。他的推理在我看来相当微妙，令我实在无法反驳他列出的证据。不过，他那完全符合逻辑却十分野蛮的论据也未能说服我。

至今，我依然无法忘记四楼的那个房间里，一张大床占据了半个房间，有个美丽的女人睡在床上，她的胸前盛放着一朵猩红的玫瑰。

阿科皮克

1

有时，你会突然记起一段早已忘却的旋律，在试图遗忘它却最终徒劳无功后，你又会突然大声地哼唱起这段旋律。我就是这样突如其来地想起了阿科皮克。但为什么这个小伙子的面孔会出现在我的脑海中，他又是凭着怎样的潜意识记忆出现的？我无法解释。我只知道，八天了，我无法将他抛出我的脑海哪怕一分钟。

我最开始是在学校里见到他的，他坐在我边上，全神贯注地做着他最喜欢的活动：用一把小折刀在桌子上刻下他的名字，或者直接将桌面刨开。随后我想起毕业后与他的交集。他总是穿着最新款的时装，性格非常开朗，他无数次的艳遇总被大家挂在嘴边。后来，到了三十多岁时，虽然有些厌倦一成不变的生活，但他还是那副样子，只是金钱上的拮据迫使他减少了服装上的支出。再后来，他破产了，总穿着一件破旧的长外套，而我不止一次注意到他试图掩盖衣服上的破洞。然后，他消失了，像被水流卷走了一样，不留一丝痕迹。随后，他又在人们最不愿见到他的时候出现，接着就传出了他结婚的消息。这对他来说无异于惩罚，可这恢复了他的社会地位，就像用打足气的皮囊从海底吊起了一艘沉船一样。

没过多久，我便收到了一封镶着黑边的信函，上面粗枝大叶地画着一位跪着的天使。这封信除了带来阿科皮克的死讯外，就没别的内容了。

我看不出这有什么特别的。阿科皮克就是病死的。他曾是个帅气的小伙子，但人终有一死，他也不例外，又或许，是他的英俊过早燃尽了自己的生命。

如今我在脑海中复盘他的人生。比起在坚实的土地上行走，他更像是在空中飘浮。他的命运与众不同，而他的结局亦是如此。在过去的八天中，我所了解到的各种过去的琐事使我能够一步步地追溯他的生活。我逐一检查每根神经，解剖每根静脉，这或许在你们看来难以置信，但我确实找到了他的灵魂，并像外科医生一样在其中翻掘，仔细分析其中某些极微小的东西，以便之后解答阿科皮克的生死之谜。在我找到答案，给出结论前，他都不会让我安宁——所有的真相都令人悲伤。

2

他无父无母，只有个年迈的爷爷，似乎是来自阿克恩，凭借烤面包发家。爷爷去世前一直对阿科皮克，自己唯一的孙子，宠爱有加。这两个生命——一个孩子和一个老糊涂了的老人——总是相互理解，有共同语言。他们住在我们隔壁，就他们俩，住在一栋有着二十个房间的大房子里，房子边上还有个大花园。这里的一切都取决于阿科皮克，取决于他幼稚的心血来潮。而众所周知，轻易得来的快乐总是很快令人厌倦，阿科皮克感到无聊，那种只有年纪稍长的人们在获取了过多成就时才会感受到的无聊。他厌烦了所有的玩具并且扔掉了它们，而当时这些玩具能给我们每个人带来莫大的快乐。

阿科皮克去上学只是因为他习惯了去学校，更何况他一个人在家也很无聊。

他的脸消瘦但英俊，像小姑娘一样精致细嫩的五官总在我眼前晃悠，一头的金发总是打理得一丝不苟。他的外表有些病态，显而易见，他应当好好关注自己的健康问题。那时，他才十四岁。他不乐意学习除了绘画之外的东西，在绘画上，他阴差阳错地拥有着极高的天赋，但在其他科目上，他完全是个吊车尾。他特别擅长画讽刺画。从管家到校长，所有人都坚信，肯定能在墙上找到他用铅笔，有时用炭笔给他们画的肖像。由于他的爷爷极为富有，使得这些对于其他学生而言会招致严重后果的不良行为，对他来说，除了会被温和地教导一番，根本不会受到任何别的惩罚。他身材苗条，身体柔软，动作敏捷，是我们所有的胡作非为与恶作剧的公认领头人。这样的孩子怎么会不招人喜欢呢？他有时会好几天不来上学。在这期间他会发明新的恶作剧或锻炼花样，并会十分巧妙地将其实施。

我记得，在一个周日的早晨，我在奥赫拉穆尔附近遇到了阿科皮克，他正骑着一匹高头大马，一举一动都带着亚马孙女骑手的风采。姑娘们一定会为他疯狂的。那天我真的很羡慕他。他曾有段时间十分痴迷打猎，那时的我们对他的服饰以及打猎时的奇遇无一不感到新奇。

当我们不得不埋头苦学的那些年，他却过着纵情享乐的生活，对此我们并不感到羡慕。这种生活似乎就是为他而生的。我相信，享受生活是一种真正的天赋，能使许多过度的行为变得情有可原。

毕业后，他从我的生活中消失了。我陷入了大学生活的旋涡中，而他则被卷入了上流社会的享乐旋风中。

他青春岁月的最初几年是绚丽多彩的。他年迈的祖父去世后给他留下了一大笔财产。如果换作其他人，一定会好好打理这笔遗产，但阿科皮克从未有过这种愚蠢的想法。他马上开始挥霍自己的财产：先是花光了现钱，而后卖掉了房子和庄园。他从不去向债务人追偿债务，即使家道中落，他也从没去过。他一直住在佩希科塔舍，住在祖父的房子里——也许是为了表达对祖父的尊敬，又或许是出于迷信，我也不清楚。他没有一个晚上不去佩拉——那个灯红酒绿的地方——去找新的妓女。但是，即使如此放荡堕落，他也依然秉持着某种特殊的骄傲与高贵，这种气质大概只能在来自阿克恩的外地人身上看到。

3

同时，他心中还保留着一份纯洁高尚的爱。我很清楚，他喜欢我们村的一个姑娘，并且对方也喜欢他。姑娘是一个工匠的女儿，拥有一颗朴素纯洁的心灵，无法抵挡他炽热的目光。她有一头茂密的金发，身材婀娜多姿。这位高傲的美人落入了阿科皮克之手。在不断的堕落中，这个姑娘仿佛他心中无人能及的圣地。无论是他狂热地追求享乐时，还是后来彻底破产时，这份爱都一如既往，坚定不移。就这样，他的青春像场无情的赛跑一样流逝了。直到他身无分文的那天,他才停下脚步,没有惊讶,也没有惋惜……他现在已经三十多岁了,却仍然像以前一样英俊,依旧细皮嫩肉的,虽然这有些不符合传统上对男性的审美,但是,有些女人就是喜欢这点。

若是别人,可能会试图维持之前的生活方式,甚至为此负债累累,但阿科皮克没有这样做。我之前说过,阿科皮克住在自己祖父的房子里,离群索居,仿佛人间蒸发了一般。

在任何情况下都能及时止损——这不只是种艺术,也是那些生活顺风顺水的人通常欠缺的能力。

不久后,阿科皮克卖掉了自己的最后一栋房子。这是他人生中的第一个低谷。

就这样,他成了一个流浪汉。

曾经赞美他的人渐渐离去,像回声一样消失得无影无踪;所有曾对他笑脸相迎的人,现在一看到他就会露出一副嫌恶的神情,随后转身离去。甚至他与人打招呼的次数也开始减少,他变得怯懦,变得像他褪色的外套一样平淡无奇。大众的冷漠使阿科皮克尴尬,同时扼杀了他的勇气。而在所有冷漠,甚至带有敌意的人群中,只有一个人向他伸出了手——是他所爱的姑娘。但他自认为配不上她,于是他离开了她。

在很长一段时间里,他在城镇和村庄之间徘徊,第一次跨过了那道划清天之骄子与穷困潦倒者界限的门槛。

他甚至当过一段时间的乞丐,蜷缩在墙边,藏踪匿迹地在无边而可怕的饥寒交迫中游荡。

就在这个时候,我碰巧在街上遇见了他,并叫住了他。

"嘿,"我对他说,"你现在在做什么?"

"我在死去。"他回答我。

4

一周后,我得知了他结婚的消息。有一位富有但其貌不扬的女子,她待嫁已久,正在为自己寻找一位年轻的丈夫,而阿科皮克被劝说着接受了这个"职位"。

他不假思索地接受了这个建议,就像一个失去求生意志的病人同意服用最难以下咽的药物一般。在一个风和日丽的日子,阿科皮克住进了位于班卡尔蒂的彼得罗相家的老木屋,尽管他自己也不知道要去那里做什么。

住在这个屋檐下的每个人,从岳父、岳母到家中仆人,都严格遵循着时刻表:下午三点在餐厅吃早饭,六点吃午餐。晚上,岳父岳母照例会玩五局佩吉克①。而阿科皮克的妻子则坐在某个角落里,向他们事无巨细地讲述着邻居家发生的事。这期间,岳父岳母的神情严肃而庄重,年轻的女婿从他们脸上读出了对自己过去放荡生活的不满。

每周日他们都去教堂。对此阿科皮克甚至没有反抗,即使这种习俗对他来说是如此新奇、难以忍受又毫无意义。他不爱妻子,在他看来,她毫无魅力,并且作为丈夫的职责也令他厌恶。也难怪他们之间的关系很少跨越疏离的界限。

阿科皮克过着仰人鼻息的生活,却从未想过找回自己,他甚至从未想过晚上自己一个人悄悄离开。

不过,入赘彼得罗相家族后,阿科皮克在大家眼中可谓是顺风

---

① 佩吉克,一种卡牌游戏。

顺水,他再次受到了追捧。他的岳父让他在妻子的一个亲戚手底下工作。他的工作是在这位亲戚的庄园中收税,并续签雇佣合同。因此,在相当长的一段时间中,他既要做好年轻的女婿,又要做好地主的管家。

有几个人看到阿科皮克坚持定期去教堂,便提议推选他为教会成员。人们都说,他已经醒悟了,还找到了自己的宁静与幸福。据业内知情人士估算,他岳父的财产有一万里拉[①],且迟早都会由他继承。不少人对此十分眼红。

我在塔克西姆的一处花园边遇到了他。

"阿科皮克,你近况如何啊?"

"我之前就和你说过了——我已经死了。"

"你怎么还在开玩笑啊?"

他露出一抹苦笑,但很快收敛了表情。

"快到晚饭时间了,我该回家了。"他告诉我。

然后,他没有说再见,便迅速离开了。

5

他确实去世了,死于一次不长不短的疾病,毕竟,即使德高望重的人也难逃一死。他并非猝死,也不是意外死亡,因此他有足够的时间来忏悔,料理后事。正如讣告上所说,他卧床三个月后离世,并且接受了教会的所有圣礼。

他的主治医生无法确定致使他离世的疾病。他的生命安静无声

---

① 译者注:里拉是土耳其货币。

地逝去，没有丝毫痛苦，这是这个家中唯一容许的死亡方式。没有人为他的逝世悲伤，尽管讣告中说，他的离去使家庭成员们悲痛万分。

他的妻子为他服丧整整一年，头三个月用厚厚的拖地黑纱遮住脸；后来黑纱缩短了一半，随后很快她就完全不戴了。他们遵守了所有的丧葬习俗，甚至在阿科皮克死后的第四十天举行了弥撒，为他的灵魂祈祷。

命运如此残酷地嘲弄这个小伙子。他无法忍受无数人梦寐以求的生活，如果是别人拥有了这样的生活，他们会选择享受宁静直到晚年。在我看来，是一种普遍存在的、比麻风病还可怕的疾病将他带入了坟墓。这种疾病就是社会的虚伪。

教堂的院落

1

晨光熹微时,神父便踏上去往教堂的道路。街上一个人影也没有,在无声消退的夜色中,他的脚步声清晰可闻。

神父朝坡上走去,因为低矮坚固的教堂就位于村子上方的高地上。他边走边喘气,手里拄着一把褪了色的廉价黑伞——他常用这把伞代替拐杖。

三十年来,他总是步履匆忙地赶往教堂,去到他亲爱的上帝身边,就像太阳每日升起一样按部就班。

他在教堂的门廊前逗留了一会儿,一边再次呼吸清晨新鲜的空气,一边环顾四周。透过七月的晨光,一幅令人心旷神怡的图景映入他的眼帘:远处的博斯普鲁斯海峡犹如一条巨蛇般蜿蜒前行,在两座山岭间时隐时现。

阳光洒在海面上,仿佛铺就了一条镶嵌着无数碎钻的小路,使得柔和的蓝色大海显得更加深邃。神父站在岸边眺望,近处的钻石如此之大，颗颗都能看得分明，远处的钻石则逐渐变小并融为一片，更远处只余下阳光的灿烂光辉凝成的一片光泽。

大海中央，阳光下的浪花闪烁着霓虹般的色彩，不断翻涌着，变换着位置与色彩，它们肆意地跳跃，互相追逐，在广袤的蓝色海洋中翩翩起舞。

岸上的风光也同样赏心悦目：山上翠绿的作物与新近翻种的红色田埂交替排列；无数条交错相通的沟渠在田野上延伸；再往前走，在地平线附近，有一片茂密的树林，林中的树木呈现出各种各样的绿——从接近黄色的嫩绿，到几近黑色的深绿。有时，树叶会轻轻颤动，然后连带着整个树林一起摇曳，好似一片绿色的海浪。大地和草茵上凝结着晨露，又在晨曦的照射下化作薄雾升到空中。

村中万籁俱寂，连四周的空气都凝固了，仿佛在期待着什么。

一阵微风吹过，画布般的蓝天上出现了第一缕云彩。几头牛慢慢悠悠地踱着步子，牛奶小贩的铜罐发出丁零当啷的响声，划破了笼罩着村庄的寂静。

教堂里一片漆黑——铁质的护窗板还关着。大司祭[①]走进来，从柜子里拿出一件长袍穿上，然后换上一顶黑色的帽子，站在祭坛前。身着银制圣衣的圣母从古老的镀金相框中看向他。自从她被放在这里，她便这样冷漠、一动不动地注视着每一个走进教堂的人。神父在胸前画了一个十字。

"以圣父、圣子和圣灵之名……"

他响亮的声音在空旷的教堂中响起，然后传来低沉的回声："……和圣灵之名。"

[①] 译者注：此处的大司祭即亚伯拉罕神父。

一个仆人走进来打开了护窗板。他的脚步声终于打破了教堂的宁静。

2

亚伯拉罕神父是为数不多的这类长者,他们尚在人世,却早已放下了对俗世的一切眷恋;仿佛早在死亡降临之前就已遁入彼世,驱逐了一切激情与期望。他们无欲无求。死亡的临近或许能创造奇迹,唤回他们对尘世的依恋,可一旦恢复知觉,这种情感又会立即烟消云散。

亚伯拉罕神父并不博学,但他的记忆力,仿佛即将熄灭的烛台,灵机一动,闪烁出最后一束光芒,好似临死之人的回光返照。

他清楚地记得自己少年和青年时期的重要事件,这些记忆似乎填补了他眼下生活的空虚。

他的职业生涯始于一名收入微薄的教区学校老师,这份一眼就能望到头的工作令他一直过着贫困的生活。他从未摆脱贫穷,哪怕是短时间内。他一生都只在勉强度日,直到现在也是如此,即使已经当了二十年的大司祭。

他仍然清楚地记得过去的老爷们,当然,他们都是些文化程度不高、没有教养的小商贩,但在他们面前他依然战战兢兢,尽管他拥有那些为他赢得普遍喜爱和尊重的美德。

他忘不掉他们的脸,尤其是塞格博相·姆克尔特奇阿哈的面孔,他又高又瘦,走起路来一摇一摆。正是姆克尔特奇阿哈出资建造了这座教堂,又在一怒之下将亚伯拉罕赶出了学校。

佩特罗斯·帕特维利①，这是神父世俗的名字。当晚他回到家中，脸色苍白，充满了羞愧和恐惧。他可怜的妻儿安慰着他，试图减轻他心头上的重压，但毫无作用。离复活节只剩下不到一个月了，即将到来的节日对他而言无异于残酷的考验，将不可避免地完全暴露他们的贫困和辛酸。

第二天，他不用去学校上课。孩子们的嬉笑打闹声再也不会打扰到帕特维利，但他却已然习惯了孩子们的吵闹，现在反倒觉得少了点儿什么。他和孩子们都失去了生活来源，但他并不指望找到新的工作。

复活节这周朋友们前来拜访，得知此事后对他深表同情。其中一位朋友建议佩特罗斯给姆克尔特奇阿哈写一封卑微到不能再卑微的信，或者直接上门拜访，为自己的错误行为请求原谅。

他同意了，然后整晚都在写信，一遍遍地写，又一遍遍地划掉，接着再写，最后直接将信撕得粉碎。直到早上，他还在疯了似的遣词造句，却找不出任何话语能够打动姆克尔特奇阿哈的心。如果自己被拒绝了怎么办！很难想象，等待着帕特维利和他的家庭的将会是怎样的赤贫。他的笔尖如今承载了太多的希望。

最后他将这该死的信扔到一旁，想等平静下来之后再写。突然间，屋子里一阵慌乱，妻子和孩子们都从房间里跑了出来，而姆克尔特奇阿哈本人正如平时一样大摇大摆地顺着楼梯走了上来。帕特维利几乎不敢相信自己的眼睛，冲到了姆克尔特奇阿哈跟前。他来这里有什么企图？还没等帕特维利开口询问，姆克尔特奇阿哈就握住了可怜的老师瘦弱而颤抖的手，亲吻了一下，然后放到自己的额

---

① 帕特维利，意为敬重的。

头上。

"请原谅我,帕特维利,"他柔声说道,"在这节庆的日子里,我最终决定抛下心中的忧虑来向你忏悔。我恳请你——原谅我!"

帕特维利几乎要说不出话来:"我永远都是您忠实的仆人,这件事是我的错!"

"从现在起,学校再次属于你了。我的办事员会给你带来一千库鲁什作为复活节的开支;我只求你不要记恨我,依旧允许我接受圣餐。"

不要记恨?允许?就算是让他吻姆克尔特奇阿哈的手脚,他都非常乐意!

塞格博相·姆克尔特奇阿哈去世时,帕特维利已经被授予神父一职。

他知道许多有趣的事,偶尔也会用自己独特的玩笑方式讲述这些事,但他最喜欢讲的正是这个故事。所以全村人都知道,姆克尔特奇阿哈是如何去找他并亲吻他的手的。

3

教区委员会的成员们聚在一起,要决定一件重要的事。不慌不忙地交换过意见后,会长没有多说什么,就同意了讨论的提案。

"坦率地说……"他开口说,"我赞成将他埋葬在教堂的院落里,现在一百五十里拉可不是笔小数目。钟楼眼看就要倒塌了,教堂本身也需要修缮,我就直说了——这真的是一大笔钱。"

会长说话的态度总是很诚恳。他的两种良知——教民的良知和商人的良知——并存不悖。一方面,一百五十里拉确实能够给这个贫穷的教堂带来一些好处。另一方面，内心深处有个低沉的声音在暗示他，他迟早也是要被埋葬在教堂的院子里的，而且还不需要用那么多钱。可不是吗？在这个时代，无所不能的工业压低了一切事物的价格，教会也同样应该降低荣誉和永生的价格。

死者的亲属坐在上首。一位教民反对将死者埋葬在教堂的院落里——这是个老奸巨猾的小铺老板，想把价格抬到五百里拉。

"说真的，我并不赞成您的观点，阿凡提。死者——愿上帝保佑他的灵魂安息——是个好人，人们不会去说死者的坏话，但他生前树敌众多。如果我们把他埋在教堂里，我们绝对会因此受到谴责，与之相比，我们从中获取的这笔钱实在是太微不足道了。我认为不值得这样做。"

一直努力调解双方争执的书记员插手干涉了。

"让他们再拿一百里拉来，这件事到此为止——我来担责。"

他的背好像都被这千钧重担压弯了。

而到这时，讨价还价才算正式开始。无论是赞成者还是反对者，都摆出了自己的论据，死者的亲属也不蠢笨，很会权衡得失。

"尼科戈斯[①]先生要付多少钱才能被埋在主教堂里？如果埋葬在主教堂需要五百里拉，那么埋葬在你们这个小教堂又能要多少钱？五十里拉已经够多了。"

但教民们可不是那种会轻易向教会利益妥协的人。他们立即拿起另一种武器。毕竟，死者的一生，说起来也不算很正直。他们开始回忆那些被死者侮辱而后抛弃的姑娘，回忆自己被死者收走但久未归还的抵押物品，还有那些死者发过的虚假誓言。现场顿时骂声

---

① 译者注：死者全名为马尔季罗斯·尼科戈斯。

一片,随后人们开始一一例举出死者生前干过的坏事,这些污点堆成的高山恐怕都要触及天际了。

争吵开始有了大反转。在这场高举宗教与道德大旗的斗争中,死者的亲属已无望获胜。

聚集在此的这些人,肆无忌惮地兜售人类最神圣的原则,按照自己的利益巧妙地搬弄是非。

死者的亲属们感到很不自在,他们不知道该如何反驳,但又不想承认自己的溃败。

"既然如此,那我们就将死者带到帕雷格雷去安葬。"其中一位亲属说道。

会长为之一惊。可不能错过这样的客户!这种好事可是十年一遇!他在心里筹划着,一百五十里拉可是一大笔钱,得再好好谈谈。而且一想到自己将来的葬礼,他觉得应该将价格定得适中些。

书记员以调解人的身份,做出了新的让步。

"那就加五十里拉,这件事就此打住。"

"总共两百里拉?"

"我们同意,但得用法币支付。你们也别固执了,我们没法再浪费时间。我们还有很多事没做,连讣告都还没印发呢。"

教区委员会的成员们清楚,千丈麻绳,总有一结。然而,为了避免误解,他们再次重申,这笔款项不涵盖葬礼的费用。

他们在教堂院落内选择墓址时遇到了一些困难,但很快就得到了解决。不能将死者葬在教堂的入口处。有人建议埋在右侧墙壁的窗户下,但这位置似乎不够显眼。最后,大家一致同意将死者葬在教堂议事厅的窗户下面。这时,死者的亲属们又提出一条无足轻重的要求:将死者的名字刻在翻新后的钟楼外墙上,并对其事迹进行适当记录。教民们完全接受了,毕竟他们的要求合情合理。

当大司祭走进教堂时,教民与死者亲属之间已经达成了一致。

4

得知委员会的最终决定,即使从十楼摔下来,亚伯拉罕神父也不会更为震惊了。

这个臭名昭著的骗子居然将教堂作为葬身之所,这事简直就像一把匕首插进了心脏!

他生前为自己收买的荣誉不足以满足他,而他越是不配拥有这些荣誉,就越是贪婪地渴望它们。现在他又想在死后从上帝那儿购买荣誉,使他无功受禄的名望永垂不朽,受人尊崇。

直到死者的亲属们离开后,神父才上前和教民们交谈。

"先生们,我恳请你们,别这样做,不要亵渎我们神圣的教堂。"他用微弱、哀求的声音说。

对他而言,教堂不仅是一座由石头和石灰建造的房屋。他认为,教堂虽然没有嘴巴,没有耳朵,但它有灵魂、有情感。教堂的怀抱是神圣的,只有那些与它共担苦难的人才有资格葬在那里。这个死人想在教堂里做什么?他活着的时候了解过教堂吗?帕特维利清醒而忠厚的脑袋实在想不出比这更无理的要求了。

"此人是为我们教堂做过什么贡献?还是有人贿赂了你们?即便如此,这些钱也不是死者捐的,而是他的继承人捐的,更何况这笔钱并不是无偿捐献的。他们要求你们允许将死者葬在教堂的墓地作为回报。他配得上这样的荣誉吗?要知道他的一生劣迹斑斑。这不是由我来评判的,而是由上帝来评判,死者身后确实声名狼藉。

你们怎么说，先生们？"

他们还能说什么呢？大司祭说的当然没错，可教会不能单靠祈祷存在。教堂的建筑需要维修，钟楼也快要倒塌了。

这是最义正词严的理由。

亚伯拉罕神父没有灰心——毕竟，这座教堂属于他……只要他还有一口气在，他就会一直守护它。他带上那把黑伞，前往码头，坐上轮船，去找主教了。

亚伯拉罕神父没有见到他的主教大人——主教去了古兹昆楚克，到他妹妹那儿住几天。这位传教士受过高等教育，阅历丰富，他深信世界并不总是以上帝降下的真理为指导。他的一生就是最好的证明。多年来他一直在外省教导民众，后来与教民们商定后，他来到伊斯坦布尔，离开纷扰的世界，寻得一处僻静的角落，修养自己每况愈下的身体。现在，他终于可以卸下往日的忧虑，安心休养了，却依然对自己的遭遇感到疲惫不堪。他还在担任修士大司祭时，就已经对上帝不抱希望了，就连他渊博的知识也变成了对上帝赤裸裸的怀疑，仿佛一块精美的天鹅绒掉光了绒毛。

主教旅行回来后，在自己的小房间里接待了神父，正是在这里，发生了一场虔诚与虚伪的较量。

"亚伯拉罕神父，我完全理解您的想法，但您想，死者与我们的很多富人关系密切。别忘了，一旦将他的坟墓从教堂的院落里迁出去，那么其他富人就会将此事视为针对他们的恶意攻击。"

看到大司祭仍不愿放弃，主教接着说："我对这件事的态度始终如一，从未背离我为教会服务的本心。现在大家都对神职人员漠不关心，随着时间流逝，甚至会转变为明显的厌恶。可如果没了神职人员，教会还能继续存在吗？"

"只要还有信徒,教会就会一直存在,但如果没了信徒,教会也就不复存在了。"

"你光念《圣经》里的话有什么用,现实和《圣经》完全不同。在这个时代,宗教信仰正面临着巨大的危机。如果我们一直这样眼里容不得沙子,就会落人口实。听着,亚伯拉罕神父,我们必须要避免这种情况发生。历史证明,任何社会都存在阶级差异,现在存在,以后也会一直存在。在我们的社会中,富人无论过去,还是未来,都将一直是特权阶级,但他们同时也是信徒中的一员,只是他们更有影响力。就卖个人情给他们吧。你觉得呢?"

主教停顿了一下,喝了口咖啡,又继续说:"所以你还是不同意,并且坚持维护教堂的神圣性。你确实指出了死者生前你我皆知的恶行,但看在上帝的分上,请你告诉我,公墓难道不是教堂的一部分吗?如果有人配不上这份被埋葬在教堂院落中的荣誉,那么他也不应该被埋葬在公墓里。你要是还有点儿远见,就会发现你的要求会带来怎样的后果。"

尽管有些担心自己太过现实的观点会招来闲言碎语,但主教仍在继续他的推论。毕竟,在他看来,葬在公墓还是教堂的院落本质上毫无区别。他开始列举以前在外省生活时发生的事来支撑自己的论点,显然是想在一定程度上缓和双方的针锋相对。

大司祭离开了,下楼时,主教的声音还在他的耳边萦绕:"就卖个人情给他们吧!"

5

葬礼十分奢华。匆忙翻修的钟楼外墙上刻着马尔季罗斯的名字,并附有一段感人肺腑的题词:"本钟楼由一位大善人出资翻修……"每一个进入教堂的人都能看到这些字。

在低矮的篱笆后,这位德高望重的死者坟墓上,矗立着一块巨大的大理石墓碑,仿佛在用自己冰冷的光泽吸引每一位教徒的目光。

教会每年都会举办一次隆重的追思弥撒。这天就像节日一样。死者的亲属和所有显赫的先生都会到场,他们给穷人分发面包,施舍金钱。第二天早上,所有的报纸都会大肆报道他们那感天动地、超凡虔诚的慈善事迹。

只有亚伯拉罕神父始终无法接受。此刻他安静地走在路上,比以往都要安静,他的背也更驼了,只有手上还一如既往地拄着那把伞。他似乎不想抬头,以免和教民的视线对上。晚些时候,他到达了教堂,特意避开不去看那块厚颜无耻的墓碑和刻在钟楼外墙上闪闪发光的金字。

一段时间后,一种无法解释的疾病——与其说是疾病,不如说是精神上的疲惫,压垮了亚伯拉罕神父,使他卧床不起。

从那时起,直到他去世,这位大司祭再也没有踏入教堂一步。这令他感到悲伤,但也莫名地安慰了他。

格里戈尔·佐格拉布简介

1

亚美尼亚作家、社会活动家格里戈尔·佐格拉布的名字对于很多读者而言几乎是陌生的。由于某些历史原因，亚美尼亚文化在西欧国家和土耳其传播得较多，因此，佐格拉布短篇小说集首次以俄文形式出版无疑为文学鉴赏家提供了一次了解亚美尼亚民族文化最杰出的文学作品之一的机会。

佐格拉布并非所有的作品都经得住时间的考验，从他的一些作品中可以看出其世界观的局限性。佐格拉布的创作和社会活动在土耳其苏丹[①]时期艰难的历史条件下进行，这使他无法畅所欲言，也限制了他的创作才华。但必须指出的是，这位现实主义作家的大部分文学遗产并没有失去其艺术和认知价值，即使是在今天也仍能深深触动我们。

---

① 译者注：苏丹，某些伊斯兰国家对君主的称呼。

众所周知，亚美尼亚在16世纪初被波斯（今伊朗）和土耳其奴役和瓜分。用史学家的话来说，这个曾经拥有古老文明的泱泱大国变为一片充满悲伤与不幸的故土。多年来，外国的统治阻碍了这个民族的经济和精神发展。亚美尼亚人有的孤身一人，有的拖家带口，更有甚者，整个村子一起，离开了家园，一边在异国他乡颠沛流离，一边继续寻找幸福和和平。几乎在所有国家都能看见亚美尼亚流亡者的悲伤身影。在这一困难时期，俄罗斯友爱地庇护了许多亚美尼亚人的后裔。

几十年过去了，借助俄国的帮助将祖国从波斯与土耳其的压迫中解放出来，成为亚美尼亚人最神圣的目标。终于，在1826—1828年俄波战争后，东亚美尼亚加入了俄国。这一具有重大历史意义的事件在亚美尼亚人民的命运中发挥了特殊作用。正因如此，亚美尼亚新文学的奠基者哈恰图尔·阿波维扬才会写道："愿俄罗斯人进入我们神圣故土的时刻永垂不朽……"

东亚美尼亚的居民从被屠杀与灭绝的威胁中解救出来，获得了保存和发展其民族文化的机会，并融入俄罗斯人民的先进文化行列。

西亚美尼亚（即在土耳其的那部分亚美尼亚）的命运则完全不同。暴力、掠夺、屠杀与迫害是土耳其境内亚美尼亚劳动人民的生活常态。在有"血腥的苏丹"之称的阿卜杜尔·哈米德二世统治期间（1876—1909），别克[①]和帕夏[②]的专制统治，以及本民族的宗教

[①] 译者注：别克，指贵族出身的人、公爵或小封建领主、官员和士兵。

[②] 译者注：帕夏，是土耳其、埃及和其他一些伊斯兰国家对高级军政官员的称谓。

与世俗封建领主和民族资产阶级的压迫变得更加残暴。1894年，土耳其苏丹在萨逊地区屠杀了近一万名亚美尼亚人。一年后，新一轮屠杀再次夺走了超过十万人的生命。土耳其军队和警察无情地屠杀亚美尼亚人和其他非土耳其民族，掠夺他们的财产，希望以烧杀劫掠的手段解决"民族问题"。阿卜杜勒-哈米德二世的迫害得到了西欧和美帝国主义势力的庇护，而亚美尼亚工人阶级和先进知识分子的武装行动和反抗也是高潮迭起。

格里戈尔·佐格拉布，这位拥有大智慧、高尚心灵和崇高公民气节的人，也是这场正义之战的参与者。

2

佐格拉布于1861年6月26日出生在君士坦丁堡（今伊斯坦布尔）的一个典当商家庭。他接受过工科和法学教育，本可以成为一名公务员。但家乡人民的苦难唤起了佐格拉布的另一种志向与情感，引导他走上另一条坎坷不平但与众不同的美好道路——一条成为战斗作家和人文主义作家的道路。

佐格拉布最初的文学创作可以追溯到19世纪70代末80年代初。这些作品以鲜明的政治倾向和对国家和人民命运的深切关怀吸引了同时代人的注意。1884年发表的《中国信札》便体现了这些特点。为规避审查制度，佐格拉布在书中使用寓言式的语言，但其中的隐含意义不难理解。佐格拉布看似将读者的注意力聚焦于一位同胞收到的中国来信上，实则揭露的是土耳其苏丹的生活、亚美尼亚人民的悲惨命运以及民族资产阶级的伪善和背叛的阴暗景象。在另一部长篇小说作品《消失的一代》（1885—1886）中，作家谈到了青年的教育、婚姻关系、资产阶级社会的个人自由以及艺术在人民生活中的作用。他指出了真实的现实主义文学中广泛存在的道德、社会和审美问题。

在苏丹哈米德的专横统治下，格里戈尔·佐格拉布的社会政治活动体现出真正的自我牺牲精神。在土耳其的先进知识分子中，这位作家享有当之无愧的名望——他是一位出色的律师，就连政府官员都畏惧其犀利的言语。在亚美尼亚大屠杀的悲惨日子里，佐格拉布揭露了土耳其统治者及其西方教唆者的血腥政策，并要求对迫害者进行公开审判。

作为真理和进步的不懈捍卫者，他十分同情那些与土耳其的迫害做斗争、想要重获自由的保加利亚人民，并大胆地为被土耳其当局审判的保加利亚革命者辩护。

同时，在围绕德雷福斯事件①发生的暴动中，佐格拉布是第一批对反动军阀策动的卑劣挑衅奋起反抗的人。佐格拉布曾几度被土耳其警察拘捕。随后土耳其政府剥夺了他从事诉讼业务的权利，他也被迫暂时移居巴黎。在1908—1909年的青年土耳其革命②后，苏丹哈米德的统治被推翻，佐格拉布也回到了伊斯坦布尔。后来，他再次投入社会文学与政治活动的浪潮中并焕发新的活力。作家希望青年土耳其党人能够履行他们对人民的承诺——废除封建什一税③和包税制，改善工人的处境，满足非土耳其民族的民族要求，将属

---

① 译者注：此处指19世纪90年代法国军事当局对军官阿尔弗雷德·德雷福斯的诬告案。

② 译者注：此处指1908年7月由青年土耳其党人领导的反对阿卜杜尔·哈米德二世专制制度的资产阶级革命。

③ 译者注：欧洲基督教会向居民征收的宗教捐税。

于地主和国家的土地划分给马其顿与亚美尼亚农民，贯彻"自由、平等、团结、公正"的口号。这些愿景尤其反映佐格拉布矛盾的世界观。当选为土耳其议会议员后，佐格拉布曾不止一次地维护少数民族免遭践踏的权利。但现实很快证明，青年土耳其党与他们的前辈苏丹哈米德一样，对劳动人民怀有仇恨，而他们口中高呼的"奥斯曼主义"[①]不过是意图用武力同化帝国的非土耳其民族。这一切对作家造成了沉重的精神打击。佐格拉布反复思考自己民族的未来，得出了一个明确的结论：只有与俄罗斯、与俄罗斯人民的友谊才能给亚美尼亚人带来和平与繁荣，为社会和民族的复兴创造历史前景。

佐格拉布曾说过："在俄国的政治条件下，我们不会被剥夺发展的机会。此外，俄国一个年轻的国家，一个前途广阔的国家，老生常谈的压迫在这里永远不会存在。"

格里戈尔·佐格拉布是19世纪末20世纪初西亚美尼亚知识分子民主思想和情感的真正表达者，是反对奴隶制和专制主义的狂热斗士。土耳其反动派一直在寻找机会和借口，镇压这位危险的政敌和他的众多拥趸。1915年6月，在第一次世界大战战斗最为胶着的时候，这个机会出现了。土耳其当局以"保护国家安全"为借口，在全国的许多城镇和村庄进行了前所未有的大屠杀。超过一百万亚美尼亚人在土耳其人的弯刀下丧生。其中就有格里戈尔·佐格拉布。他的一生就这样悲惨落幕，他完全有资格说："我的一生都在战斗。"

---

① 译者注：19世纪末土耳其资产阶级地主统治集团中产生的沙文主义（侵略性民族主义）学说。

3

　　亚美尼亚文学短篇小说体裁的出现和巩固要归功于格里戈尔·佐格拉布。作家四十二篇短篇小说中最优秀的作品被编成了三本书：《良心的声音》(1909年)、《生活本色》(1911年)和《无声的痛苦》(1911年)。本书这些短篇小说主要创作于19世纪80—90年代，即在阿卜杜尔·哈米德二世统治最残暴的时期写成并发表在报纸和杂志上。

　　佐格拉布最大的功绩是为西亚美尼亚文学注入了新的民主内容。他将艺术视为"一面诚实地反映社会风气的镜子"，创造性地体现出现实主义美学的崇高原则。这位作家将复杂的短篇小说艺术掌握得尽善尽美。佐格拉布的创作风格与激情高昂的虚假浪漫主义完全不同，以致他与同时代的其他作家如此格格不入。佐格拉布的小说从第一句话起就牢牢地抓住了读者，瞬间将其带入叙述之中，扣人心弦地反映人们生活中的真相。佐格拉布的短篇小说通常以一位主人公的人生故事为轴线，从而使作者通过个体命运揭示彼时的典型社会现实。

　　我们无法在西亚美尼亚作家中找到任何一位能像佐格拉布这样创造了形形色色的类型与性格的人物形象画廊。

　　例如短篇小说《荡妇》中的女佣季格兰努伊，这个美丽的农家女、这个可爱迷人的姑娘究竟经受了多少苦难啊！她自幼就成了孤儿，像灰姑娘一样饱尝了生活的辛酸，经受奴役和劳动的艰苦折磨。为了维持生计，季格兰努伊被迫离开家乡，与在矿场上残疾的丈夫分离，前往伊斯坦布尔的富人贾扎尔先生家中当女佣。天真直率的农家女进入了一个她完全不熟悉的世界,这里的人们过着锦衣玉食、荒淫无度的生活,狼性的道德观粗暴地闯入女主人公纯洁的精神世界。贾扎尔先生的访客们从不掩饰自己注视季格兰努伊的淫邪目光。主人的儿子则更加强硬,直接要求她回应他的骚扰。

作者以极为精湛的艺术手法描述了季格兰努伊"堕落"的悲惨故事。苏尔比克哈努姆的假正经,她儿子的道德败坏,贩卖女佣的牙婆哈吉秋里克的利欲熏心,以及资产阶级社会毫无人性的法律,摧残了季格兰努伊的人生,最后又狠心地抛弃了她。然而,在这场与豪门富贵力量悬殊的较量中,实质上季格兰努伊才是真正的胜利者:她的心灵美没有褪色,丝毫没有沾染上流社会的污垢,她的善良和人性也没有泯灭——相反,她甚至变得更加美好,更加高尚……当然,除了这些品质,小说的女主人公身上也有从闭塞、黑暗的农民生活中继承的顺从与胆怯。但这就是现实主义作家不能不遵从的真实生活。

短篇小说《特法里克》则讲述了另一个女人阿什亨的故事,她也是因为贫穷而离开村庄去当女佣。但这是一个完全不同的人物,在许多方面都与季格兰努伊相反。丈夫去世后,阿什亨决定永远远离世俗的享乐,并将此视为自己唯一的慰藉与乐趣。该死的奴化思想牢牢地掌控着她,以至于阿什亨无法想象自己除了当女佣以外,还能有什么其他角色。后来,爱情突然降临,她爱上了20岁的主人——她的爱如此天真而忘我,甚至到了卑躬屈膝、百依百顺的地步。她不惜一切代价地讨好她的心上人,这使得她的努力看起来既可笑又可悲。佐格拉布从心理上巧妙而真实地表达了女主人公悲惨的境遇。但小说中深刻而贴近生活的内容不止于此。

季格兰努伊从不在老爷们的世界中追寻幸福,而阿什亨却试图这样做。季格兰努伊直到最后都保有自己作为人的尊严，而阿什亨却失去了它，更准确地说，是她天真地爱着的人扼杀了她的尊严，而她却没有意识到主人"需要的是假意的爱抚和狡猾的诱惑"。在经受苦难的同时，季格兰努伊捍卫了自己的人生权利，无论她的人生是多么艰难和无趣，而阿什亨却因痛苦而颓废，回到家乡后便去世了。

这两个女人的命运都具有深刻的悲剧性，但也具有启发性——它揭露了资产阶级社会的不公正，同时表明了，普通人不可能在这样的社会中拥有幸福。

需要注意的是，在《特法里克》中，作者选择的叙述形式是由阿什亨的主人来讲述她的故事——这在一定程度上减弱了小说的批判色彩，似乎作者在天真地期待唤醒老爷们的良知。

佐格拉布的一系列作品发展和深化了短篇小说《特法里克》和《荡妇》的主题。例如在短篇小说《玛格达林娜》中，我们见证了一个十七岁妓女的短暂一生，她无父无母，却肩负着供给她的姐姐、弟弟和祖母生活所需的重担。而在另一篇小说《寡妇》中，我们见证了腼腆谦虚的乡下青年马尔季罗斯的故事：他离开乡下的妻子，来到伊斯坦布尔寻找工作，然而没能抵挡住大城市的诱惑，沦为了上流贵妇们的玩物。而在乡下，年轻的妻子一边以近似责备的虔诚祈祷来倾吐悲伤，一边默默等待马尔季罗斯归来。

佐格拉布的短篇小说记录了其时代的诸多特点。比如，在《债务的祭品》中作者注意到，老奸巨猾、经验丰富的商人们是如何压迫弱者的，如何残酷地将自己过去的同行推入死亡的怀抱。过去曾是商人的乌谢普阿哈就经历了这样的折磨，最后因贫困而被迫自杀。在短篇小说《锚》中，索菲克哈努姆的命运也同样悲惨。在她富有的父母变得穷困潦倒之前,她也曾是个无忧无虑的姑娘。出嫁后的生活也并没有给她带来幸福,因为婚后不久,她的丈夫就破产了。虔诚的索菲克哈努姆在村中的小教堂里祈祷了许久,希望能够得到上帝的怜悯。上帝似乎也听到了她的声音。大儿子的"仕途"蒸蒸日上,家里的经济状况得到改善,邻居也重新开始主动向索菲克哈努姆问好,这个家庭终于摆脱了令人厌恶的贫穷。然而,她的幸福不过是昙花一现。索菲克哈努姆的儿子,这个家庭唯一的支柱,病倒了,这次连他母亲的祈祷也无济于事。可怕的悲伤动摇了索菲克哈努姆的信仰,令她的精神世界天翻地覆,她被邪恶的想法所控制:上帝为什么没有听到她的请求,为什么没有来帮助她?她最后一次去往那个与她一生紧密相连,承载了她所有梦想的教堂。她的一切——她的生活、她的希望、她的信仰——都已走到尽头。早上,当神父打开教堂的大门后,看到了在铁质横梁上上吊而亡的索菲克哈努姆。《锚》中女主人公的自杀表达了一个幡然醒悟的女性的绝望、抗议和反抗,但最重要的是,作家对热衷于保持人类奴性的宗教提出了愤怒的指控。

佐格拉布很清楚宗教和宗法制的偏见对人民的巨大伤害。他认为人类很多悲剧的起因在于人们对教会规定的盲从和对因循保守的道德的恐惧。在短篇小说《教堂的院落》《好名声》《主啊,请宽恕我!》以及其他一些作品中,佐格拉布揭露了教会与有产阶级的一致利益,抨击了亚美尼亚资产阶级喜欢大肆吹嘘自己的"慈善"活动的伪善行为。

在一些作品中(《也许……》等),作家的局限在于只对社会风气进行粗略的描写,留下纯粹的心理实验而缺乏深刻的社会内容。不过,佐格拉布最优秀的短篇小说皆以体现对统治阶级生活方式的憎恨、对劳动人民痛苦和悲伤的真诚同情以及对帮助他们的热切渴望为特点。

除了关注"被侮辱的与被损害的人"之外，佐格拉布也被强大、纯粹，充满激情且愿意奉献和牺牲的人物所吸引。为了寻找这样的人物，作家将目光转向底层人民，并在他们当中找到了一些具有高尚品格和美丽灵魂的人。正如短篇小说《阿因卡》中的走私犯阿科波斯、高傲廉洁的兹玛拉赫达、充满魅力的塔莉拉、勇敢浪漫的扎布霍。作家希望拓宽人物的范畴，在人民中找到坚持捍卫自己情感、权利和梦想的人。

作家相信，积极斗争的人民形象一定会在亚美尼亚文学中占据应有的地位。

佐格拉布写道："文学必须从人民生活中汲取养分，才能为人民服务。"在整个创作生涯中，佐格拉布始终忠于这项崇高的现实主义艺术创作原则。

阿·萨拉希扬

牧阿珍

上海外国语大学俄语语言文学博士，现任上海政法学院俄语系讲师，研究方向为亚美尼亚文学、俄罗斯文学。翻译代表作《人啊，忍着吧——当代亚美尼亚小说（1991—2016年）》，参与编著《俄罗斯社会与文化问答》《俄罗斯国情》等。